생각을 크게 하면
넓은 세상이 보인다

생각을 크게 하면
넓은 세상이 보인다

1판 1쇄 인쇄 2009. 12. 15
1판 1쇄 발행 2009. 12. 20

엮은이 남종진 · 이항규

발행인 김 택 원
발행처 도서출판 **문장**
　　　　서울시 성북구 보문동4가 78-1 평화B/D 201호
　　　　대표전화 02-929-9495
　　　　팩시밀리 02-929-9496
　　　　E-Mail / munjangb@naver.com

등록번호 제 307-2007-47
등록일 1977. 10. 24.

ISBN 978-89-7507-044-0 03810

값 9,000원

시대를 초월한 '삶의 진리' 가득찬 성현들의 철학우화집

생각을
크게 하면
넓은 세상이
보인다

남종진 · 이항규 엮음

도서
출판 **문장**

누군가는 이렇게 말한다.' 어딘가에 스스로 홀리고 미쳐서 사는 것이 오히려 인간다운 삶이며, 가치의 유무를 떠나 아름다운 인생일 수 있다' 고. 어차피 바쁘고 고달픈 일상뿐이라면, 이렇게 사는 것이 차라리 현명한 것일지도 모른다. 하지만 홀리고 미친다는 건 집착과 편견, 그리고 욕망의 굴레만을 남길 뿐이다. '인류를 괴롭히는 모든 재난은 인간이 필요한 일을 하는 데에 게을러서가 아니라, 필요한 일을 하는 데에서 생겨난다' 는 톨스토이의 말을 떠올려 보자. 그리고 원점으로 돌아가 우리네 사는 세상을 다시 짚어보자.

교통체증, 공룡도시, 죽어가는 산과 강, 허풍, 거짓말, 배신, 그리고 편견과 오만, 욕망…… 따위를 애써 감추며, 우리는 언제부턴가 눈만 뜨면 21세기를 이야기해 왔다.

이제 외길로 달음박질쳐온 문명의 길을 잠시 멈추고 문화의 길로 돌아보자. 더 나은 문명의 시대를 향한 허영만을 꿈꾸며 속 없이 달려 올 때, 우리가 지나쳐온 길 뒤편에서는 슬기 가득 담긴 선인들의 안타까운 눈길이 우리를 그저 바라만 보고 있다.

《생각을 크게 하면 넓은 세상이 보인다》의 이야기들은 원래 《노자》, 《장자》, 《열자》, 《한비자》에 실려 있는 글 가운데 가려뽑은 것들이다. 옛날 중국의 선인들이 남긴, 2천 년도 더 지난, 그야말로 케케묵은 이야기들이다. 지금 같은 문명시대에는 차라리 무덤 속에서 쿨쿨 잠이나 자는 편이 어울릴 것이라는 생각이 앞설는지도 모른다. 왜냐하면 동양의 고전이라면 진부하고 따분하다는 생각이 앞설 것이기 때문이다. 게다가 윤리도덕이 어떻고, 철학이 어떻고, 사상이 어떻고 하는 엄격하고 거창한 말투 앞에 괜히 주눅부터 들 테지만……. 하지만 염려없다. 여기에 가려 실은 것들은 거창하고 어려운 이야기가 아닌 선인들의 이야기를 통해 우리들이 교훈을 얻을 수 있는 우화들을 가려뽑아 재구성한 것들이다.

《생각을 크게 하면 넓은 세상이 보인다》에는 우리에게 널리 알려진 《장자》의 철학우화와 《열자》의 철학우화를 싣고 아울러 《노자》의 사상에 대해서도 우화의 형식으로 재구성하여 일부 실어두었다. 또한, 정치우화로 가득 찬 《한비자》의 우화도 다수 실어 오늘을 사는 우리들에게 처세의 교훈을 엿볼 수 있도록 하였다. 아울러 본래의 이야기를 보다 현대적으로 재구성하고 현실적인 이해에 도움이 되도록 도움말을 붙여 보았다. 더러 원래의 의미에서 다소 벗어나거나 현대적 의미로 재해석을 한 경우가 있는데 그것은 문장의 일부분을 잘라서 재구성하였기 때문에 본래의 의미를 전달하기 어려운 데에 따른 것이다. 도움말에 구애없이 편안한 마음으로 자신만의 의미를 찾아보자.

보잘 것 없는 원고를 다듬어 책으로 꾸며 준 도서출판 문장에 감사드린다.

엮은이 적음

읽기 전에

《생각을 크게 하면 넓은 세상이 보인다》는 중국의 춘추전국시대 사상
가인 노자,장자,열자,한비자 네 사람의 저술인 《노자》,《장자》,《열자》,《한
비자》에서 우화를 중심으로 가려 뽑아 싣고 오늘의 관점에서 간단한 도
움말을 덧붙인 책이다.

이 책에 실린 우화들을 읽기에 앞서 이해를 돕기 위해 노자,장자,열자,
한비자와 그들의 저술인 《노자》,《장자》,《열자》,《한비자》에 대하여 간단
한 설명을 덧붙인다.

① 노자(老子)와 《도덕경(道德經)》

노자는 춘추전국시대의 저명한 사상가 가운데 한 사람으로 도가(道
家)학파의 대표적 인물이다. 노자라는 인물에 대해서는 많은 견해들이
있다. 그 가운데 가장 믿을 만한 기록 즉, 중국 한(漢)나라 때의 역사가인
사마천(司馬遷)이 지은 《사기(史記)》의 〈노장신한열전(老莊申韓列傳)〉에
따르면, 노자는 초(楚)나라 고현(苦縣) 곡인리(曲仁里)사람으로 성은 이
(李), 이름은 이(耳)이며, 자(字)는 백양(伯陽), 시호는 담(聃)이라고 한다.
주(周)나라 수장실(水漿室)의 관리를 지냈다. 언젠가 공자(孔子)는 노자
를 만난 후, 자신의 제자들에게 다음과 같이 노자에 대한 인물평을 하였
다.

'새는 날고, 물고기는 물에 노닐고, 짐승들은 벌판을 뛰어다닌다. 물고
기는 낚아올릴 수 있고, 나는 새는 활로 떨어뜨릴 수 있다. 그러나 용은
바람이나 구름을 타고 하늘로 올라가기 때문에 그 정체를 알 수 없다. 내

가 오늘 만난 노자가 바로 용 같은 분이시다.'

흔히 《노자》로 알려져 있는 그의 저술은 〈도경(道經)〉과 〈덕경(德經)〉
으로 구성되어 《도덕경(道德經)》이라고도 불린다. 먼저 〈도경〉에서는 도
를 형이상학의 실체이며 만물의 근원이자 우주 운행의 원리로 파악하고
있으며, 〈덕경(德經)〉에서는 형이하학의 세계에서 덕을 기초로 인생과
정치에 대한 철학을 이야기하고 있다. 그의 철학은 모든 인위적 작위를
없앤 무위(無爲),무욕(無慾),무지(無知)를 바탕으로 하고 있다. 그리하여
노자는 더불어 사는 삶, 영원한 삶을 위하여 나 혼자만의 순간적 삶을 위
한 인위적 조작을 멀리 한다. 그리고 전체의 영원한 삶은 자연의 도와 더
불어 이루어진다고 이야기한다. 그것이 바로 '무위자연(無爲自然)'의 도
이다.

② 장주(莊周)와 《장자(壯者)》

장자는 전국시대 송(宋)나라 몽(蒙)땅 사람으로, 본명은 장주(莊周)이
며 노자와 더불어 중국 전국시대 도가(道家)를 대표하는 사상가이다.

그는 맹자(孟子)보다 약간 늦은 시대의 인물로 대략 기원전 369년에서
기원전 286년경에 살았던 사람이다. 사마천의 《사기》에는 '장주의 학문
은 박학했으며, 그 근본은 노자의 설에 귀착하고 있다. 그가 지은 10만여
자의 저술은 대부분 우언(寓言)으로 이루어졌다……. 그의 말은 광대무
변하면서 자유분방했다'라고 기록되어 있다.

장자의 인물됨을 잘 보여주는 일화 한 토막을 살펴보자.

언젠가 초나라의 위왕(威王)이 장주가 어질다는 소문을 듣고 사신을
보내 예물을 후히 주고 그를 맞아 재상으로 삼고자 하였다. 그러나 장주
는 웃으면서 사신에게 말했다.

"천금은 엄청난 돈이고, 재상 자리는 귀한 자리이기는 하다. 그대는
나라의 제사에 쓰이는 희생물인 소를 보지 못하였느냐? 몇 년 동안 잘 길
러 비단옷을 입히고 종묘로 끌고 들어간다. 이때 그 소가 차라리 돼지새

끼가 되고 싶어도 그것이 가능한가? 그러니 자네는 빨리 돌아가 나를 더럽히지말게. 나는 차라리 흙탕물 속에 헤엄이나 치면서 유유자적하려네."

《장자》에 나타나는 장자의 중심사상은 '무(無)'에 있다. 즉 무대(無待),무심(無心),무용(無用),무명(無名),무위(無爲),무시비(無是非),무피차(無彼此),무귀천(無貴賤),무생사(無生死),무성패(無成敗),무종시(無終始),무득실(無得失),무영욕(無榮辱)등이 그것이다. 간단히 말하자면 기대함이 없으므로 무궁하게 마음을 노닐 수 있고, 마음이 없으므로 득실에 관계하지 않으며, 쓰임이 없으므로 자신의 수명을 누릴 수 있다는 것이다.

《장자》는 중국 고대 철학우화의 보고이기도 하다. 《장자》에는 우리에게 잘 알려진 〈조삼모사(朝三暮四)〉,〈정중지와(井中之蛙)〉를 비롯한 2백여 편에 이르는 우화가 실려 있다. 《장자》의 우화는 모두 풍부한 낭만주의적 색채와 생동감 넘치는 상상력으로 가득 차 있으며, 이러한 우화는 단순한 교훈의 제시라는 면을 넘어서 그의 깊은 철학과 사상을 형상적으로 나타낸 것이다. 그의 우화는 특히 현실비판적 정신을 사상적 기초로 하여 당시 통치계층의 무능과 부패, 전통적 도덕관념에 대한 질타와 부끄러움도 팽개친 채 공명이록만을 추구하는 무리들에 대한 조소로 가득 차 있다.

③ 열어구(列禦寇)와 《열자(列子)》

열자는 실존 인물인가? 가공의 인물인가? 하는 문제에서부터, 열자의 저술이라는 《열자》라는 책이 정말 열자가 지은 것인가 하는 등등에 이르기까지 열자에 대하여는 여러 가지 견해가 대립되어 왔다. 이러한 문제에 대하여 아직도 많은 의문을 간직한 채 분명한 결론을 내리지 못하고 있다.

《장자》에 기록된 것에 따르면, 열자는 본명이 열어구(列禦寇)로 기원전 400년 무렵 지금의 중국 하남성(河南省)에 있던 정(鄭)나라에서 태어

생각을 크게 하면 넓은 세상이 보인다

났다. 그는 장자보다 조금 앞서 살았던 인물로 보인다.

열자는 당시 공자나 맹자(孟子) 같은 사람들처럼 세상에 나아가 어지러운 세상을 건져보겠다는 생각은 전혀 없이, 정나라의 시골에 숨어 농사꾼으로 살아가던 인물이었다.

《열자》라는 책 역시 많은 견해가 있다. 내용이 황당무계하고 문장이한 사람의 문체가 아니라는 등의 이유로 후세 사람이 그의 이름으로 내놓은 것이라고 주장하기도 한다. 아무튼 현존하는 《열자》8편에는 중국고대 민간의 신화와 전설, 그리고 많은 우화들이 실려 있다.

열자 역시 도가의 주요 인물로 사람은 자연에 나서 자연에 살다가 자연으로 돌아간다는 인생관을 보여준다. 때문에 그는 삶을 즐거워하지도, 죽음을 두려워하지도 않고 자연을 따라서 자연과 더불어 사는 삶을 이야기 한다. 또한 열자의 인생관으로 인간세상을 본다면, 모든 대립은 없어지고 절대의 가치기준 또한 사라진다. 그리하여 의미없는 좁은 세상을벗어나 크게 생각함으로써 참된 인간의 자유가 회복하기를 권한다.

④ 한비(韓非)와 《한비자(韓非子)》

한비자는 본명이 한비로 전국시대 법가(法家)를 대표하는 사상가이다. 그는 전국시대 한(韓)나라 임금의 후궁한테서 태어났다. 당시 한나라는 전국칠웅(戰國七雄) 가운데 국토가 가장 좁은 나라였다. 더욱이 지리적으로 중국 전체의 중앙에 자라잡고 있었기 때문에 주변 나라들로부터압박을 받는 처지에 놓여 있었다. 한비가 태어나기 전, 한나라는 신불해(申不害)라는 사람을 등용하여 정치개혁을 단행하고 국력을 키웠다. 그러나 그뒤 쇠퇴의 길로 접어들어 한비 때에 이르러서는 이미 이웃한 강대국 진(秦)나라 앞에 풍전등화와 같은 처지에 놓여 있었다.

당시의 대표적 학자이던 순자(荀子)한테서 학문을 익힌 젊은 한비는이러한 조국의 현실을 걱정한 나머지 순자에게서 익힌 학술을 근거로하여 여러 학파의 학설을 받아들이고 비판하여 부국강병에 도움이 되는 독자적인 학문을 완성하였다. 그러나 오랜 노력 끝에 얻어진 그의 학문을 현실 정치에 적용하기 위해서는 우선 유창한 말솜씨로 임금을 설득해야만 하였다. 그러나 말을 더듬었던 한비는 자신의 주장을 뛰어난 글로 써서 임금에게 전달하였다. 이 글을 모은 것이 곧 《한비자》이다. 한비는 비록 형명(刑名)의 법술(法術)을 배워 엄격한 법치(法治)를 주장하였지만, 자신의 이 학문을 황로(黃老)의 학설에 귀착시켰다.

《한비자》에 실린 글은 필봉이 날카롭고 엄격하면서도 풍부한 문학적 색채와 문학적 가치를 아울러 지니고 있다. 특히 문학적 가치를 논한다면 우선 《한비자》에 실려 있는 380여 편에 달하는 우화를 꼽을 수 있다. 《한비자》에 실려 있는 우화는 모순되는 이중성을 지닌 역사적 인물을 등장시켜 주관적 억측을 경계하고 철저한 증명의 방법을 취하는 수법을 즐겨 사용하고 있다.

《한비자》의 우화는 대부분 정치우화로 《장자》나 《열자》에 보이는 철학우화와는 사뭇 다르다. 날카로운 현실인식을 바탕으로 한 《한비자》의 우화는 오늘을 사는 우리로 하여금 처세에 대한 지혜를 엿볼 수 있게 한다.

중국 고대 우화는 2천 년을 넘는 시간을 넘어서 권태와 무력감, 고민과 상실감 등 일상 속에 지처버린 우리들에게 한없는 삶의 지혜를 주는 동시에 우리를 신비스럽고도 광활한 세계로 인도한다.

생각을 크게 하면 넓은 세상이 보인다

제 2장 오만과 편견

생각을 크게 하면 넓은 세상이 보인다

제 3장 자연 따라 사는 삶

제 4장 세상 파도 타기

제 5장 허풍, 거짓말, 그리고…

제 6장 믿음과 배신

욕망의 굴레

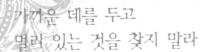

정나라 사람이 돼지를 팔려고 장에 가고 있었다.

고개 마루를 넘어가던 중, 길가 아름드리 나무 아래에서 휴식하고 있던 어떤 사내가 물었다.

"어디로 가는 길이오?"

돼지를 끌고 가던 사내는 그를 흘끗 보고는 짤막하게 대꾸했다.

"장에요."

"돼지 팔러 가는거요?"

쉬고 있던 사내가 고갯짓으로 돼지를 가리키며 물었다.

돼지를 팔러 가던 사내는 대답 대신 고개만 끄덕일 뿐이었다. 쉬고 있던 사내가 다시 물었다.

"얼마면 팔겠소?"

그러자 돼지를 팔러 가던 사내는 짜증 섞인 말투로 무뚝뚝하게 내뱉었다.

"여보슈! 길은 멀고 해는 짧은데 내가 지금 당신과 한가하게 떠들 시간이 있어 보이시오?"

"……?"

《한비자》

경험한 적은 없는가. 길을 걷다 보면 나무 하나, 잎사귀 하나 아무런 의미 없이 그냥 서 있지 않는다는 것을.

갈 길이 멀고 해가 짧은 것이 중요한 문제인가. 길 떠나는 그대는 지금 무얼 하러 가는 길인가. 찾는 사람은 바로 옆에 있는데 왜 자꾸 보이지 않는 허망의 그림자만 잡으러 시끄러운 저잣거리로만 달리고 있는가.

자기가 하고자 하는 일의 전후를 살펴라

한 사내가 월나라를 향해 길을 재촉하고 있었다. 그는 장보관'을 파는 송나라의 갓장수였다.

가시덤불을 헤치고 험준한 산을 넘고 때로는 급류에 휩쓸리면서도 그는 참고 또 참으며 한 걸음 한 걸음 앞으로 나아갔다.

장사만 잘되면 한 밑천 톡톡히 움켜쥘 수 있다는 기대가 그를 그렇게 만든 것이었다.

멀고도 험한 긴 여정 끝에 드디어 아득히 월나라 국경의 관문이 바라다 보였다. 견딜 수 없는 흥분이 온몸을 휘감았다. 그러나 기쁨은 잠시뿐, 월나라 관문을 들어선 갓장수는 힘 없이 땅바닥에 주저앉고 말았다.

"아뿔사!"

거리를 오가는 행인들은 한결같이 머리를 빡빡 밀고 다녔던 것이다.

생각을 크게 하면 넓은 세상이 보인다

허하고도 허하도다, 이 한세상. 어차피 현실적(現實的)은 있어도 내게 현실로 다가오는 것은 하나도 없을지 모른다.

그대라면 어찌할 건가. 이제까지의 노력이 무모한 것이라면 땅바닥에 주저앉아 한탄만 하고 있을 건가. 가야 할 길은 많이 남아 있는데 그 동안 나의 꿈, 나의 노력은 헛된 것이었노라고.

¹장보관 : 고대 중국 사람들이 쓰던 갓의 하나.

그대의 뒤를 돌아보라

열자가 호구자림이란 도사를 스승으로 모시며 공부하고 있었다.

호구자림이 열자에게 말했다.

"그대가 만약 그대 뒤를 돌아볼 줄 안다면, 그대에게 세상 살아가는 방법을 일러주겠네"

"뒤를 돌아보다니요?"

"그대의 그림자를 돌아보게나!"

열자는 몸을 돌려 자기 그림자를 살펴보았다.

열자가 자기 몸을 굽히자 그림자도 그의 몸을 따라 굽어졌다. 또한 자기 몸을 곧추세우자 그림자도 따라서 곧아졌다.

《열자》

먼 길에만 눈을 주지 말고 한 번 고개 돌려 그대의 뒤를 돌아보라. 그림자는 어디서부터 시작되는가. 그림자는 어디에 달려 있는가. 일체의 사물이 굽혀지고 펴지는 원인은 바로 그대 때문이 아닌가. 어쩌면 그대가 가고자 했던 피안의 세계도 바로 그대 자신 속에 있는 것은 아닌지.

대가 없는 욕망은 휴지조각에 불과하다

송나라의 어떤 사람이 거리를 쏘다니다 나무판자 하나를 주었다.

그 나무판자는 누군가가 내버린 차용증서였다. 그는 그 나무판자를 가지고 집으로 돌아와 잘 간직해 두고는 날마다 거기에 새겨져 있는 금액을 가만히 셈해 보곤 했다.

그리고는 이웃 사람들에게 큰소리를 쳤다.

"이래봬도 내가 부자가 되는 건 이젠 시간 문제란 말이야"

이웃 사람들은 영문을 알 수 없어 고개만 갸우뚱했다.

《열자》

생각을 크게 하면 넓은 세상이 보인다

대가 없이 생겨난 약속수표를 주워들고 내게 돌아올 금전을 바라는 것은 부질없는 욕망이며 휴지조각일 뿐이다.

나 또한 그것을 뻔히 알면서도 오늘도 바지 주머니에 넣어둔 복권을 가만히 만져보는 까닭은?

제나라에 돈에 환장한 사내가 있었다.

어느 날 아침, 그는 평소대로 말쑥하게 차려 입고 거리로 나섰다. 이곳저곳을 서성대노라니 금은방 하나가 눈에 들어와 그는 성큼성큼 안으로 걸어 들어갔다. 그리고는 주인이 보고 있는 앞에서 금덩이 하나를 덥석 집어 가슴팍에 집어넣고는 냅다 달아났다.

거리 모퉁이를 채 돌아서기도 전에, 그는 마침 그곳을 순찰하던 포졸에게 덥석 덜미를 잡히고 말았다.

"벌건 대낮에 남의 물건을 훔치다니……. 어리석기 짝이 없는 녀석이로군."

"……."

"어째서 그런 바보 같은 짓을 했지?"

포졸의 심문에 사내는 이렇게 대답했다.

"제가 금덩이를 훔칠 때, 사람은 보이지 않고 금덩이만 눈에 보였거든요."

《열자》

옳지 못한 일에 몰두하면서도 자신의 행위를 정진, 매진 또는 열의라고 표현하는 사람도 있다. 주위의 시선은 안중에도 없다. 그러나 그것의 정체는 대개 집착이다. 자신은 결코 모른다. 활활 타오르는 불길을 향해 날아드는 불나방처럼 자신의 몸이 불타오르기 전까지는.

소중한 것은 멀리 있지 않다

어떤 사내가 아내를 데리고 처가 나들이 길에 올랐다.

얼마쯤 갔을까. 사내는 중도에 뽕나무에서 뽕잎을 따고 있는 아름다운 여인을 발견했고 그 여인을 보는 순간 사내의 넋은 완전히 달아나 버렸다. 사내는 자기가 아내와 동행 중이라는 사실도 잊어버린 채, 그 여인에게 접근하여 수작을 부렸다.

얼마나 지났을까. 한참을 그렇게 추근거리던 사내는 문득 아내 생각이 떠올랐다. 그래서 슬그머니 고개를 돌려 아내를 찾아보니, 아뿔싸! 제 아내 역시 어떤 외간 사내놈과 마주 앉아 오순도순 정겹게 이야기를 나누고 있는 것이 아닌가!

《열자》

한없이 가난한 영혼. 마음의 곳간은 열어젖뜨린 채 왜 타인의 것에만 눈독을 들이는가. 소중한 것은 바로 그대 옆에 있는 줄을 모르면서.

위만 보지 말고 아래를 내려다보라

정나라에 대부 벼슬하는 백공승은 평소 반란을 꿈꾸고 있었다.

하루는 관청에서 일을 끝내고 집으로 돌아오고 있었다. 말잔등에 몸을 내맡긴 채 그는 곰곰이 생각에 빠져 있었고 변함없이 오늘도 거사를 궁리하는 터였다.

"- 음! -"

손에 든 말채찍을 자신도 모르게 거꾸로 움켜쥐고 그 위에 턱을 고인 채로.

채찍 끝에는 뾰족한 쇠가 붙어 있었다. 그것이 그의 턱을 찔러서 피가 땅바닥에 흘러내려도 그는 알지 못했다.

《열자》

당신 앞에는 벽이 있다. 보이는 것은 작은 점뿐. 당신은 그 벽을 향해 앉아 있다. 드디어 당신은 그 점이 광대무변한 우주로 보이기 시작 했다. 당신에게 남아 있는 것은 이제 세상으로 나아가려고 하는 것 뿐이라며 일어선다. 그러나 당신은 모른다. 그 점 뒤에 가리워져 신음 소리를 내고 있는 생명이 존재한다는 것을.

하나를 얻으면 다른 하나를 버려라

윤씨 성을 가진 부자가 있었다.

윤씨는 하루 종일 지독하게 하인들을 부려먹었기 때문에 그의 집 하인들은 땅바닥에 엉덩이 붙일 겨를조차 없이 바쁘고 고된 일과에 시달렸다.

하인 가운데는 늙은 하인이 한 사람 있었다. 그는 근력이 달려 무던히도 애를 먹었지만 주인은 그렇다고 봐주는 법이 없었다. 때문에 늙은 하인은 저녁에 하루 일과가 끝나고 나면 자리에 들기 무섭게 곯아 떨어지곤 하였다.

그는 밤마다 임금님이 되는 꿈을 꾸었다. 커다란 궁궐에서 만백성들을 나스리고, 조정에 가득한 신하들을 호령하고, 커다란 잔치를 베풀고…….신나는 일의 연속이었다. 그러나 깨고 나면 언제나 남의 집 하인이 되어 고달픈 일상으로 돌아가야 했다.

누군가가 그의 고달픈 생활을 위로해주었다. 그러자 늙은 하인은 이렇게 대답했다.

"사람 인생 한평생에 밤과 낮이 각각 반씩 아니오? 나는 낮에는 남의 집 하인배로 죽도록 일하지만 밤에는 나라님이 되어 세상에 부러울 게 없소이다."

이와 반대로 그 집 주인 윤씨는 밤마다 남의 노예가 되었다. 꿈속에서 그는 주인에게 호된 꾸지람을 듣는가 하면, 매를 맞기 일쑤였고 잠자는 동안에는 잠꼬대와 신음으로 잠을 설치곤 하였다.

윤씨는 꿈속의 시달림에 견디다 못해 하루는 친구를 찾아가 하소연을 했다. 그러자 잠자코 그의 이야기를 다 듣고 난 친구가 입을 열었다.

"자네는 영화를 누리면서 살고 있질 않은가? 그러니 밤마다 꿈속에서 노예가 되어 고통을 당하는 것은 인생의 고통과 안락이 서로 교체되는 자연의 질서이며 법칙이라네. 자네가 낮에 그토록 호사스럽게 지내고 밤에 꿈속에서까지 고통스러운 삶을 면하겠다면 그것이 됨직한 소린가?"

윤씨는 그후 집 안 일꾼들을 관대하게 다루었다. 그러자 그의 악몽도 차츰 수그러들었다.

《열자》

꿈꾸는 일조차 주어진 대로 맞이해야 하는 거라면 그대는 어떻게 하겠는가. 현실의 고통을 어루만져주는 위안으로써의 꿈인가 아니면 현실의 영화를 누리는 대신 밤마다 시달려야 할 고통으로써의 꿈을 맞이할 것인가?

욕심에 사로잡힌 몽상가의 한바탕 꿈

정나라에 사는 어떤 나무꾼이 땔나무를 하다가 사냥꾼에게 쫓겨오는 사슴 한 마리를 발견했다.

나무꾼은 달려오는 사슴을 지게작대기로 쳐서 잡았다. 그는 남의 눈에 띌까 싶어 말라붙은 웅덩이에 얼른 그 사슴을 감추었다. 그리고는 그 위에 섶나무로 덮고는 기뻐서 어쩔 줄을 몰라 했다.

그런데 그 나무꾼은 무슨 일이든 이내 잊어버리는 버릇이 있었다.

얼마 되지 않아 그는 그만 사슴을 감추어둔 곳을 잊어버리고 말았다. 그리고는 자기가 꿈을 꾼 것이라고 생각했다. 마침내 그는 그것을 까맣게 잊어버렸다.

이튿날, 들길을 따라 걸으면서 그는 자신도 모르게 노래를 흥얼거렸다.

나무하던 길에 사슴을 잡았다네.

생각을 크게 하면 넓은 세상이 보인다

물 없는 웅덩이에 놈을 감추었지.
꿈인가? 생시인가? 알 수 없어라!

몇 번씩 되풀이 노래하였다. 이때, 어떤 사람이 나무꾼
곁에서 가만히 그 노랫말을 엿듣고는 나무꾼의 노랫말대로
그곳을 찾아가서 죽은 사슴을 발견하고는 집으로 가져왔
다. 그는 무척 기뻐하면서 자기 아내에게 말했다.

"여보. 오늘 사슴 한 마리를 주워왔지. 어떤 나무꾼 녀석
이 꿈속에 사슴을 감춰두었노라고 노래를 부르지 않겠소.
그래서 그곳을 찾아봤더니 정말 사슴이 있는 거야. 그 꿈
은 사실이었소."

그러자 그의 아내가 말했다.

"아니에요. 당신은 나무꾼이 사슴을 잡는 꿈을 꾼 것일
거예요. 보세요. 사슴이 여기 있으니까. 이건 당신 꿈이 맞
아 떨어진 거예요."

그날 밤, 사슴을 잡았던 나무꾼은 꿈을 꾸었다. 꿈속에서
그는 사슴을 어디에 감췄었는지, 또 누가 그 사슴을 가져
갔는지를 알아냈다.

이튿날, 나무꾼은 사슴을 가져간 사람을 찾아가 사슴을
돌려달라고 했지만 돌려줄 리 만무했다. 송사가 벌어졌고
둘은 재판관 앞에 서게 되었다. 근엄한 재판관은 다음과

같이 판결했다.

"나무꾼, 자네는 사슴을 잡아 놓고도 이것을 꿈이라고 했고, 나중에 꿈속에서 찾아낸 것을 사실이라고 했다. 그리고 사슴을 가지고 간 자네는 실제로 사슴을 손에 넣었다. 때문에 지금 서로 자기 것이라고 주장하고 있다. 또 자네의 아내는 '꿈속에서 남의 사슴을 얻은 것이지 현실에서 남의 사슴을 손에 넣은 것이 아니다'라고 했다. 이제 여기에 사슴 실물이 있다. 따라서 너희 두 사람이 사슴을 둘로 나누어 반씩 가지고 가도록 판결한다."

이 소문을 들은 임금이 신하에게 물었다.

"재판관도 남의 사슴 한 마리를 둘로 나누어 가지라는 꿈을 꾸고 있는 것 아닌가?"

임금의 물음에 신하는 이렇게 대답했다.

"그들이 꿈을 꾸있다는 일과 꿈을 꾸지 않았다는 일은 저도 분간할 수 없습니다. 그들이 정녕 깨어 있었는지 꿈을 꾸고 있었는지는 오직 옛날 성인들만이 판단할 수 있을 것입니다."

《열자》

생각을 크게 하면 넓은 세상이 보인다

현실의 미로를 가르쳐준 꿈 —나무꾼.

꿈속의 횡재를 현실로 연장시킴 —나그네.

그들은 모두 꿈이라고 했다. 그러나 만약 고통으로써의 꿈이었다면 그 꿈을 현실로 부여잡으려고 했을까.

현실을 꿈이라고 생각하는 것. 꿈을 현실처럼 여기는 것. 이 모두는 욕심에 사로잡힌 몽상가의 한바탕 꿈에 지나지 않을 뿐이다.

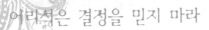

어리석은 결정을 믿지 마라

죽지 않는 방법을 아는 사람이 있었다.

연나라 임금이 자기 신하를 보내서 그 방법을 알아 오게 하였다. 그런데 그 신하가 어물대는 사이에 그 사람이 그만 죽고 말았다. 임금은 머리끝까지 성이 났고 빨리 떠나지 않은 신하를 죽이라고 호통쳤다.

이때 한 신하가 그것을 말리면서 말했다.

"사람은 죽는 것을 가장 근심합니다. 또 세상에서 삶보다 소중한 것은 없습니다. 그런데 죽지 않는 방법을 안다는 바로 그 사람이 죽고 말았습니다. 그러니 그가 살아 있다 한들 어찌 임금님을 죽지 않게 할 수 있겠습니까?"

《열자》

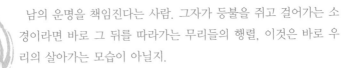

남의 운명을 책임진다는 사람. 그자가 등불을 쥐고 걸어가는 소경이라면 바로 그 뒤를 따라가는 무리들의 행렬, 이것은 바로 우리의 살아가는 모습이 아닐지.

기뻐하고 슬퍼하는 것은 마음먹기에 달렸다

연나라에서 태어나 초나라에서 성장하고 살아온 사람이 있었다.

나이가 들자 그는 고국 땅을 꼭 한번만이라도 밟아 보고 죽는 것이 평생 소원이었다. 그러던 중, 그는 마침내 고국을 방문하기로 마음 먹고 길을 나섰다. 설레이는 마음은 벌써 고국에 이르기라도 한 듯하였다.

한 달여를 걸어서 그는 진나라를 지나게 되었다. 함께 길을 가던 동행자가 그를 놀려주려고 일부러 거짓말을 했다.

"여보게! 저기 저 성을 보게나. 저것이 바로 자네의 고국인 연나라의 성일세."

"그……그래?"

이 말을 들은 연나라 사람은 말을 잇지 못했다. 가슴속이 심하게 요동치기 시작했다.

"저기 저 우뚝한 사당을 좀 보게. 저기가 바로 자네가 태어난 마을의 사당이라네."

연나라 사람은 낯빛이 변하면서 금세 처연한 표정이 되더니 이내 깊은 한숨을 내쉬었다.

"이 집이 무슨 집인 줄 아나? 자네 선대인이 생전에 살던 곳일세."

연나라 사람의 두 눈에서 눈물이 주르르 흘러내렸다.

"저 언덕이 무언 줄 아나? 바로 자네 선대인이 묻혀 계신 곳일세."

이 말을 들은 연나라 사람은 언덕으로 줄달음쳐 올라갔고 무덤 앞에 다다른 그는 머리를 파묻고 통곡했다.

그제사 그 동행자는 껄껄 웃으면서 말했다.

"이 사람아! 여긴 연나라가 아니라 진나라 땅이라네"

이 말을 들은 연나라 사람은 잠시 어리둥절해 하더니 이내 겸연쩍은 표정이 되었다.

며칠을 더 걸어 이윽고 연나라 땅에 이르렀다. 연나라 사람은 진짜 연나라의 성과 자기가 태어난 마을의 사당을 보았고 자신의 아버지가 살았던 집과 무덤을 보았다. 하지만 왜일까? 마음은 그저 덤덤할 뿐이었다.

《열자》

기쁨은 어디에서 오는가? 즐거움은 또한 어디에서 오는가? 이를 갈며 사람 이름을 내뱉으며, 참을 수 없는 분노에 치를 떨며, 견딜 수 없는 슬픔에 흐느끼지만 진원지는 바로 그대 자신의 가슴속에 있는 것을.

자식이 섞인 감정은 누구도 속일 수 없다

정나라 자산이 하루는 동장이라는 마을을 지나는데 어떤 여인의 곡하는 소리가 들려왔다.

자산은 수레를 멈추게 하고 그 부인의 곡소리를 가만히 듣더니 관리를 보내 그 여인을 데려오게 하였다. 관가로 여인을 데리고 간 자산은 며칠을 추궁한 끝에 그녀가 자신의 남편을 목졸라 죽였다는 자백을 받아냈으며 사람들은 모두 혀를 차면서 자산의 통찰력에 감탄했다.

며칠 후, 자산의 마부가 물었다.

"나리! 나리께서는 어떻게 그걸 아셨습니까?"

그러자 자산은 이렇게 대답했다.

"그 울음소리는 뭔가 겁에 질려 있는 소리였네. 사람이란 사랑하는 사람이 병들면 근심하고 혹시 죽지나 않을까 두려워하다가 결국 죽으면 슬퍼하는 법이야. 그런데 그 부

인이 곡하는 소리를 들으니 슬퍼하기는 커녕 오히려 겁에
질려서 나는 곡소리였기 때문에 나는 그녀가 뭔가 잘못을
저질렀다는 것을 눈치 챈 게지."

　마부는 연신 머리를 끄덕였다.

《한비자》

　슬픔은 자연스레 흘러나오는 감정이기 때문에 불안이나 공포,
그 무엇도 수반되지 않는다. 오직 슬픔 그 자체만의 순수한 흐름
일 뿐이다.

　그러나 포장되어진 가식의 슬픔, 계산된 슬픔이란 아무리 교묘
하게 위장했다 하더라도 얼굴을 가린 열 손가락 틈으로 불안과
공포가 비집고 나오고야 만다.

한 번의 시행착오는 누구나 겪는 일

노나라에 짚신 잘 삼는 남편과 고치 잘 켜는 아내가 있었다.

어느 날, 그들은 월나라로 가서 그곳에서 정착해 살려고 하였다. 이때, 누군가가 그들에게 말했다.

"자네들은 틀림없이 가난하게 살 걸세."

"어째서요?"

"짚신은 발에 신는 것 아닌가? 그런데 월나라 사람들은 맨발로 다닌다네. 고치를 켜는 것은 누에실을 뽑아서 갓을 만드는 걸세. 하지만 월나라 사람들은 민둥머리로 그냥 다닌단 말이야."

《한비자》

그대의 삶이 시행착오도 허용되지 않는 여유없는 것이라면 어떻게 하겠는가. 그대의 재주를 바꿀 것인가, 아니면 세상을 바꿀 것인가.

생각을 크게 하면 넓은 세상이 보인다

새벽은 밤을 지새운 자만의 것이다

송나라에 어떤 농부가 있었다.

하루는 밭을 갈고 있는데 토끼 한 마리가 달려오더니 밭한 귀퉁이에 있던 나무 그루터기에 걸려 넘어지면서 모가지가 부러져 죽어버렸다.

저녁이 되자 죽은 토끼를 손에 넣은 농부는 집으로 돌아가 식구들에게 자랑삼아 떠벌렸다.

"밭을 갈고 있는데 이 녀석이 나를 보더니만 벌렁 나자빠져버리지 뭐야!"

이튿날부터 그 농부는 나무 그루터기에 걸터앉아 토끼가 오기만을 기다렸다. 쟁기는 내팽겨쳐진 채 녹이 슬고 있도록.

《한비자》

횡재나 요행도 삶의 활력소가 될 수 있다. 그러나 횡재가 삶 자체이길 바라서는 안된다. 새벽도 밤을 지낼 능력이 있는 사람만이 맞이할 수 있는 게 아닐까.

나약한 인간의 마음이여, 왜 한 번 횡재를 하면 두 번 횡재하길 바라는가.

여자의 눈물은 빨리 마르는 법

삼대같이 흘러내리는 눈물 사이로 자꾸만 멀어지는 고향 마을.

말잔등에 몸을 실은 여희는 이제 눈물조차 말라버린 듯했다. 아스라히 멀어져 가는 고향마을과 정다운 가족들을 뒤로한 채 여희는 그렇게 먼 길을 올랐다. 여희는 원래 애나라 국경을 지키는 관리의 딸로, 그녀는 지금 진나라 임금에게 보내는 궁녀로 뽑혀가는 길이었다.

진나라에 도착한 여희는 생각할수록 더욱 또렷하게 떠오르는 고향마을과 그리운 가족, 친구들의 얼굴이 생각나 수많은 날들을 눈물로 적시고 있었다. 그러던 어느 날, 여희는 드디어 진나라 임금의 궁궐로 들어가게 되었다. 임금과 침식을 같이 하게 된 여희는 난생 처음 맛보는 진귀한 음식에 도무지 정신을 차릴 수 없었다. 게다가 고운 비단으로 만든 화려한 옷의 부드러운 감촉이란!

"아! 꿈일까? 생시일까?"

생각을 크게 하면 넓은 세상이 보인다

여희를 기다리고 있는 모든 것들은 너무나 향기로웠고, 황홀했던 것이다. 그녀는 지난날 고향을 떠나오며 눈물로 지샌 날들이 새삼 떠오르지, 이내 얼굴을 붉혔다.

"아휴 - ,촌스럽게 눈물은 왜 흘렸담? 하마터면 꽁보리밥에 광목저고리로 평생을 썩을 뻔 했잖아. 어머 아찔해!"
《장자》

눈물도 여자의 눈물은 이토록 빨리 마르는 법인가? 눈물이 그치면서 여자의 슬픔도 지워진다지만 아서라. 눈앞의 삶을 즐기는 것이 하나의 미혹이 아니라고 누가 말하겠는가.

장주는 조릉이라는 밤나무 숲을 홀로 거닐고 있었다. 이곳은 장주가 무료할 때면 즐겨 찾는 곳이었다.

장주는 무심코 걷고 있었다. 순간 무언가가 장주의 이마를 '탁!' 치고 스쳐갔다.

"아이쿠!"

장주는 비명을 내질렀다. 그것은 푸득대며 자기 앞을 가로질러 날아가는 한 마리 까치였다.

까치는 앞쪽 밤나무 숲 가지에 내려앉았는데 그 까치의 모습이 퍽이나 괴상했다. 날갯깃의 넓이가 7척이나 되고 눈 둘레가 한 치 너머 보이는 것이.

"저렇게 큰 날개로 제대로 날지도 못하나? 통방울만한 눈을 가지고도 사람을 보지 못하고 이마를 스치다니……."

이렇게 중얼거리는 동안, 문득 호기심이 솟았다. 장주가 돌맹이 하나를 주워들고 살금살금 숲으로 다가가 보니 거기에서는 참으로 묘한 광경이 펼쳐지고 있었다.

밤나무 그늘에서 마냥 정신 없이 울고 있는 매미를 두고

잎사귀에 몸을 감춘 사마귀란 녀석이 그놈을 나꿔채려고 잔뜩 도사리고 있었고, 매미에 정신이 팔려 자신조차 잊어 버린 사마귀를 까치란 놈이 또 노리고 있는 것이었다. 까치는 장주가 자기를 보고 있는 것도 몰랐다.

장주는 일순간 형언할 수 없는 두려움에 휩싸였다.

'아! 만물은 서로서로가 상대를 노리는구나.'

장주는 탄식을 내뱉으며 쫓기듯 그곳을 빠져 나왔다.

아뿔싸! 밤나무 숲 관리인이 후다닥 달려나가는 장주를 밤을 훔쳐가는 도둑으로 판단해서 장주 뒤를 쫓아오며 욕설을 퍼부어대는 것이었다.

《장자》

그대는 알고 있는가. 그대의 넓기만 한 날개로는 유연하게 날지 못한다는 것을. 또한 그대의 크기만한 눈으로도 앞날을 미리 볼 수는 없다는 것을.

그리고 그대는 또한 알고 있는가. 어쩌면 누군가가 그대를 표적 삼아 등뒤에서 시위를 당기고 있다는 것을.

죽음은 우주 질서의 한 토막

장주는 어느 들판을 걷고 있었다.

그때 널부러진 해골바가지 하나가 눈에 들어왔다. 해골
바가지는 바싹 말라서 앙상하게 형태만 남은 채로 들판에
버려져 있었다.

장주는 손에 들고 있던 지팡이로 툭툭 두드리면서 혼잣
말처럼 중얼거렸다.

"쯧쯧, 가엾어라. 살아보려고 바둥대다 욕심이 지나쳐 이
지경이 되었을까? 헐벗고 굶주리다 못해 이 꼴이 되었을
까? 난리통에 비명횡사한 것일까? 몹쓸 짓을 하다가 추한
꼴 보이기 싫어 자살한 걸까? 늙고 병들어 이제 이런 모습
으로 남은 걸까?"

장주는 그곳에서 해골바가지를 베고 잠시 눈을 붙였다.
그런데 갑자기 어디선가 해골이 나타나 장주에게 이렇게
말하는 것이었다.

"그대의 말은 마치 변론가의 달변 같군. 그대가 말한 것
들은 모두 인생의 괴로움일 뿐이지. 죽고 나면 그런 것도

48

생각을 크게 하면 넓은 세상이 보인다

다 없어지는 거네. 그대는 죽음에 대해서 알고 싶은가?"

"알고 싶소."

"죽음의 세계에는 임금도 신하도 없네. 계절의 변화도 물론 없다네. 단지 유유히 하늘과 땅과 함께 명을 같이할 뿐이지. 이 즐거움은 이승의 임금이 누리는 즐거움 따위가 미칠 바가 아니라네."

장주는 해골의 말이 믿기지가 않았다. 그래서 이렇게 물었다.

"내가 염라대왕께 부탁해서 그대의 형체를 다시 만들고 그대의 뼈와 살을 다시 붙여서 그대의 부모와 처자 곁으로 돌려보내 준다면 어떻겠소?"

이 말에 해골은 미간을 잔뜩 찌푸리며 발끈 성을 냈다.

"내가 무엇 때문에 이 즐거움을 버리고 다시 인간의 괴로움을 겪겠는가!"

해골은 이렇게 내뱉고는 순식간에 종적을 감춰버렸다. 대신 그 자리엔 어느 틈엔가 스승 사현부가 나타났다. 장주는 반가움에 소리쳤다.

"선생님, 그 동안 어디 가 계셨습니까?"

사현부는 엄숙한 표정으로 이렇게 말하는 것이었다.

"나는 아무런 욕심도 없이 세상을 떠돌며 살고 있네. 어디로 가는지 나 자신도 모르지. 강물이 흐르듯, 자연에 맡겨 살 뿐이네."

장주는 말했다.

"선생님, 저도 집과 제자들을 남겨둔 채 자유로운 마음으로 훌쩍 떠나 왔습니다. 떠가는 구름처럼 구르는 낙엽처럼 그렇게 말입니다. 하지만 제 마음속에는 미래에 대한 알 수 없는 불안이 남아 있습니다."

"네 마음에는 아직도 세상의 미련이 그늘져 있구나. 욕망의 찌꺼기가 티끌처럼 남아 있도다."

"그러면 어찌해야 됩니까?"

"넌 지금 네 마음을 네가 알고 있지 않느냐? 그 마음까지 잊어라."

이 말을 남기고 사현부는 거짓말처럼 사라졌다. 대신 그 자리엔 온통 뿌연 혼돈의 세계가 펼쳐지기 시작했다. 모든 형제가 사라진 가운데 물속인 듯 뿌연 안개 속인 듯 알 수 없는 세계가 펼쳐지고, 장주는 자꾸만자꾸만 그리로 빠져들었다. 견딜 수 없는 어지러움이 몰려왔으며 장주는 깜짝 놀라 깨었다. 그것은 꿈이었다. 《장주》

죽음은 우주 질서의 한 토막. 괴로운 삶을 우주 질서에 내맡긴 즐거움 혹은 삶의 일시성을 영원성으로 끌어올린 것이라고도 하며 최후의 각성이라고 말하기도 한다.

나는 이러한 성현의 밀을 인용해 그대에게 말해주고 싶지는 않다. 오직 삶을 이야기하고 싶을 뿐이며 죽음을 맞이하기 전까진 사람들과 더불어 열심히 사랑하고 믿고 살아가라는 말을 하고 싶을 뿐이다.

그새에 옛정을 잊고 무덤에 부채질을 하는가

장주는 어느 날 길을 걷다가 공동묘지 앞을 지나게 되었
다.

그때 이상한 광경이 눈에 들어왔다. 묘지 한 귀퉁이에
새로 묻은 듯 한 작은 무덤 하나가 있는데, 그 무덤 옆에서
소복을 입은 한 여인이 앉아서 무덤에 대고 열심히 부채질
을 해대는 것이었다.

장주는 지친 발걸음도 잠시 달랠 겸 무덤 옆의 고목 아
래로 갔다. 고목 아래 털썩 주저앉은 장주는 여인의 몸짓
을 물끄러미 바라보았다

얼마나 지났을까. 여인은 장주를 본 체도 않고 계속 부
채질을 할 뿐이었다.

장주는 여인의 등뒤에 대고 말을 걸었다.

"부인, 무슨 까닭으로 무덤에 부채질을 하시는 게요?"

여인은 짐짓 못 들은 체하면서 계속 부채질을 할 뿐이었

다.

"무슨 딱한 사정이라도 있소? 어디 그 까닭이나 들어봅시다."

여인은 힐끔 장주를 돌아봤다. 그에게서 어딘가 남다른 고고한 기풍이 배어나왔기에 여인은 그제사 몸을 돌리고는 고개를 다소곳이 숙였다. 이제 갓 스물이나 넘었을까? 젊디 젊은 여인이었다.

"하도 답답해서 하는 짓이랍니다."

여인은 말을 잊지 못하고 한숨을 내쉬었다.

"남편의 무덤이구려?"

"그래요. 병으로 돌아가신 지가 이제 석 달을 막 넘었지요. 몹쓸 사람!"

여인은 이내 눈시울을 붉혔다.

"그런데 부채질은 왜 하시는게요?"

"제 남편이 죽을 때, 무덤의 풀이나 마르거든 개가하라고 하더군요. 하지만 무덤의 풀이 마르려면 올 여름은 그냥 지나갈 테고…… 저도 이 짓이 소용없다는 건 알아요. 하지만 답답하니 어떡해요?

《장자》

세상 약속 중에서 가장 확실한 것은 죽음을 담보로 한 것이리라. 하지만 어찌 그것을 확인할 길이 있겠는가.

당신이 죽으면 나도 따라 죽겠노라고하고는, 세상사에서 누군가와 굳게 약속하고는 상황이 변하면 성급히 무덤에 부채질을 하듯 살아가고 있지는 않은지?

오만과 편견

조나라 우경이 새로 지은 집을 보고 목수에게 말했다.

"집이 좀 높은 것 같구면."

목수가 대답했다.

"새집이라 아직 벽의 흙이 마르지 않아서 그렇지요. 서까래도 생나무이기 때문에 시간이 지나 충분히 마르면 줄어들 거구요. 흙이 마르고 나무가 줄어들면 차츰 낮아질 겁니다."

그러나 우경은 이렇게 말했다.

"아닐세. 그렇지 않네. 시간이 지나면 벽토와 서까래는 마르겠지. 그런데 벽토는 마르면 가벼워지고, 서까래노 마르면 반듯해지게 마련이야. 반듯해진 서까래가 가벼운 벽토를 지탱하게 되면 집은 더욱 높아질 것 아닌가?"

우경의 이론이 그럴 듯했던지라 목수는 아무 대꾸 않고 시키는 대로 손질했다.

얼마 지나지 않아서 집은 무너지고 말았다.

《한비자》

이론에 바탕을 둔 예측.

경험에 바탕을 둔 예측.

어느 것이 더 낫다고 할 수 없지만 집 짓는 일이라면 목수의 소
관이 아니겠는가. 그대가 살 집이라 해도.

얕은 지식으로 세상의 거리를 재지 마라

두 아이가 길가에 서서 말다툼을 벌이고 있었다.

그 중 한 아이가 말했다.

"해도 막 떠오를 때에 사람과 거리가 가깝고 중천에 떠 있을 때는 멀다."

그러자 다른 아이가 반박했다.

"아니야. 해가 처음 떠오를 때는 사람과 멀고 하늘 한복판에 올라갔을 때는 가까운 거야."

"아니야."

"내 말이 맞아."

두 아이는 조금도 지지 않으려 했다.

마침 공자가 그곳을 지나다가 두 아이가 다투는 것을 보았다. 공자가 다투는 이유를 묻자 두 아이는 서로 질세라 각자 자기 주장을 흥분된 목소리로 들려주었다. 먼저 한 아이가 말했다.

"해가 처음 떠오를 때는 크기가 수레바퀴만 하다가 중천

생각을 크게 하면 넓은 세상이 보인다

에 이르면 둥근 쟁반만큼 작아지잖아요. 먼 것은 작게 보이고 가까운 것은 크게 보이는 것 아니겠어요?"

다른 아이가 질세리 나섰다.

"해는 처음 뜰 때에는 서늘하고 하늘 한복판에 오면 끓는 물처럼 뜨거워져요. 열이 나는 물건은 가까우면 뜨겁고 멀면 덜 뜨거운 법 아니에요?"

공자는 두 아이의 주장 가운데 어느 것이 옳고 그른가를 판단할 수 없었다.

"……?"

그러자 두 아이는 모두 공자를 비웃었다.

"원 세상에……. 누가 아저씨 같은 사람을 지혜롭다고 했지……?"

《열자》

사람들이 세상의 거리를 재는 잣대는 크게 두 가지가 있다. 그 하나는 가시적 크기로써 거리를 재는 것이고 또 하나는 내 몸에서 느끼는 열전도율로 거리를 재는 것이다. 이게 바로 사람들 지식의 한계는 아닌지. 별과 태양은 당신이 태어나기 전부터 항상 그 자리에 그렇게 있다는 걸 왜 모르는가.

초나라의 도읍인 영에 사는 어떤 사람이 연나라 재상에게 편지를 쓰고 있었다. 벌써 날이 저물어 촛불을 켜고 썼지만 불빛이 너무 희미했다. 그래서 그는 옆에 있는 아들에게 촛불의 심지를 좀 돋우라고 말했다. 그런데 그는 그말을 하고 나서 그만 실수로 편지에다 '촛불의 심지를 돋우라'고 쓰고 말았다.

연나라 재상은 그 편지를 받아보고 이렇게 생각했다.

'촛불의 심지를 돋우라는 것은 밝은 것을 숭상하라는 뜻이렸다. 그럼 밝은 것을 숭상하라는 것은 현명한 사람을 등용하라는 것일 테고……. 그래, 그런 사람에게 정치를 맡기라는 것이지.'

이렇게 생각한 재상은 마침내 현명한 사람을 찾아서 임금에게 추천했고 임금은 그에게 정치를 맡겼다. 과연 나라가 잘 다스려졌다.

《한비자》

말과 뜻과 생각이 다반사로 왜곡되는 세상에서 중요한 것은 바로 판단하는 능력, 게다가 상대방의 실수라도 타산지석으로 삼는 능력이 나에게 있다면 얼마나 좋겠는가.

어떤 나무꾼이 도끼를 잃어버렸다.

그는 이웃집 아이가 도끼를 훔쳐갔다고 단정했다. 그후로는 이웃집 아이가 걷는 모습만 보아도 도둑놈의 걸음걸이라고 여겨졌고, 얼굴만 보아도 도둑놈의 얼굴이라고 여겨졌다. 말하는 모양을 보아도 도둑놈의 말투처럼 여겨져서 어느 것 하나 도둑놈처럼 보이지 않는 것이 없었다.

얼마쯤 지나 나무꾼은 산비탈에서 나무를 베다가 자기가 잃어버렸던 도끼를 발견하게 되었다.

이튿날, 그는 이웃집 아이의 걷는 모습, 얼굴, 말씨 등을 보면서 그 어느 것 하나도 도둑질 할 아이로 여기지 않게 되었다.

《열자》

이웃집 아이는 달라진 것이 없다. 세상도 달라진 것이 없다. 달라져 보이는 것은 우리들의 마음이 시시각각 변하기 때문이다. 마음의 평안을 찾아라. 그렇지 않으면 잃어버린 도끼가 그대의 이웃을 잘라낸다.

원선목은 동쪽 나라에 사는 사람이다.

그는 어디론가 갈 목적으로 길을 나섰으나 중도에 먹을 것이 떨어졌다. 너무나도 허기에 지친 그는 그만 의식을 잃고 땅에 쓰러지고 말았다. 호보란 곳에 있던 구라는 도둑이 그를 발견하고는 자기집으로 데려가 그에게 미음을 먹였다. 한참이 지난 후에야 가까스로 의식을 회복한 원선목은 어렴풋이 사람의 모습을 알아볼 수 있었다.

원선목이 물었다.

"댁은 누구시오?"

"나는 호보 땅에 사는 구라는 사람이오"

"그럼 당신이 그 유명한 도둑?"

원선목은 자리에서 벌떡 일어나며 소리쳤다.

"아니, 어째서 내게 먹을 것을 주었소? 나는 도의상 당신 같은 도둑이 준 음식은 먹을 수 없소."

그는 두 손을 땅에 대고 먹은 것을 토해버리려고 했다. 하지만 이미 먹은 음식물은 좀체로 나오지 않았다. 급기야는 손가락을 쑤셔 넣고 기침을 해대다가 그만 땅에 엎어져 죽고 말았다.

《열자》

　대의명분에 지나치게 집착해서는 안된다.
　이름이나 명분은 실체의 그림자에 지나지 않기 때문이다. 물이 흐르면 흐르는 대로 그저 자연스럽게 행동하는 것뿐이다.
　대의명분을 내세우는 사람들— 구태여 흐르는 물을 거슬러 올라 가려는 사람들로 파악해도 무방하리.

한결같은 몸가짐을 하라

양주에게는 양포라는 동생이 있었다.

양포는 외출할 때 흰옷을 입고 나갔는데 집으로 돌아올 때에는 마침 큰비가 쏟아져서 급한 김에 검정색 치마를 머리에 뒤집어쓰고 들어왔다. 이때, 그의 집에서 기르던 개가 자기집 주인인 줄 모르고 양포를 향해 컹컹 짖어댔다. 가뜩이나 비까지 흠뻑 뒤집어쓴 양포는 발끈 성이 났다.

"이런 똥개! 제 주인두 몰라보는 늄!"

양포는 욕설을 퍼부어대면서 발길로 개를 냅다 걷어찼다. 이때, 양주가 자기 아우의 하는 짓을 보고는 말했다.

"너는 그 개가 무슨 잘못이 있다고 차는게냐? 네가 나갈 적에는 흰옷을 입었는데 이제 검은 옷을 입고 들어오니 개가 짖는 것도 무리는 아니야. 어찌 개를 탓한단 말이냐."

《열자》

양주의 말대로 당신에게 아침저녁으로 한결같은 몸가짐을 하라고 권하고 싶다.

  사족 하나— 개를 기르고 있다면, 이왕 개를 기르려면 당신의 옷차림이 바뀌어도 당신을 알아보고 언제나 반기는 개를 기르라는 것이다. 발등은 항상 믿는 도끼에 찍히는 법이니까.

근본을 아는 아름다움이 참 아름다움이다

  서시는 마을에서 소문난 미인이었다. 그래서 마을 남정네들은 '서시'라는 말만 들어도 가슴이 두근거릴 지경이었다. 그런데 그런 그녀는 가슴앓이라는 지병이 있어서 언제나 얼굴을 찌푸리고 다녔다. 하지만 마을 남정네들은 그런 그녀의 모습이 한층 더 아름답다고 찬사를 늘어놓았다.

  "서시는 말이야, 성말 아름다워!"

  "그렇지. 자네 서시의 찌푸린 얼굴을 봤나? 그건 더 예쁘더라구."

  "그래. 나도 봤다구. 정말 미치겠더군."

  그러자 그 마을에 사는 추녀들이 남정네들이 주고받는 이야기를 엿듣고는 모두 가슴을 움켜쥐고 눈살을 찌푸리며 마을을 돌아다녔다.

  그러자 그 동네의 부자들은 단단히 문을 걸어잠근 채 바깥 나들이를 뚝 그쳐버렸고, 가난한 사람들은 아내와 자식을 이끌고 다른 곳으로 다투어 떠나버렸다.

《장자》

"그들 추녀들은 눈살 찌푸리는 것을 찬미할 줄만 알았지, 눈살 찌푸리는 것이 찬미받아야 할 까닭을 알지 못했다."

미는 곁눈질에서, 모방에서 오는 게 아니라 자기의 열등감을 가꿔 나가는 모습에서 발견된다

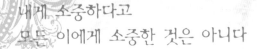

내게 소중하다고
모든 이에게 소중한 것은 아니다

옛날 송나라에 어떤 농사꾼이 있었다.

그는 늘 해진 적삼을 걸친 채 근근이 겨울을 나곤 했다. 봄이 되어 농사가 시작될 무렵이면, 그는 가끔씩 혼자 양지바른 곳에 쭈그리고 앉아서 따스한 봄햇살을 쬐곤 하였다. 그것은 그에게 있어서는 큰 즐거움이었다. 그는 세상에 따뜻한 집과 두터운 솜옷, 모피 따위가 있다는 섯을 몰랐다. 그런 그가 하루는 아내에게 말했다.

"햇볕을 쬐면 따뜻하다는 것을 남들은 모를거야. 이걸 임금님께 바친다면 후한 상을 내리실 테지."

이 말을 들은 어떤 부자가 그에게 말했다.

"옛날 어떤 사람이 들콩, 들미나리, 개구리밥이 맛있다고 동네 부자에게 떠벌렸다는군. 그래서 부자가 그걸 구해다

먹어보니 입이 껄끄럽고 배탈까지 나서 혼쭐이 났다는 게
야. 당신이 바로 그 짝이구면."

《열자》

나의 전부가 그대에겐 일부가 되고, 나의 소중함이 그대에겐 하
찮음이 되며, 나의 생업이 그대에겐 취미가 되어버린 상황이 나
를 두렵게 한다.

그 언젠가 그대가 취미 바꾸듯 이 너른 들판을 뒤엎고, 들미나
리 대신 빌딩을 세운다면 난 어떡해야만 할까. 이 너른 들판을
그냥 놔두는 것이 시대에 뒤떨어진 발상이라고 말하며.

송나라에 저공이라는 사람이 있었다.

그는 원숭이를 특히 좋아하여 여러 마리를 기르고 있었고 그래서 그런지 원숭이의 마음도 잘 이해했고, 원숭이도 그의 생각대로 잘 따라주었다. 그리하여 그는 자기집 가족들의 생활비를 쪼개서 원숭이들이 원하는 것을 만족시켜주었다.

그러나 얼마쯤 지나서 그의 생활이 상당히 곤란해졌다. 때문에 부득이 원숭이들에게 주는 먹이를 줄이지 않을 수 없었다. 하지만 원숭이들이 자기 형편을 몰라주고 화를 내면 어쩔까 무척 걱정스러웠다. 순간 그에게 한 가지 꾀가 떠올랐다.

그는 먼저 원숭이들에게 이렇게 말했다.

"이제부터 너희들에게 도토리를 아침에 세 알, 저녁에 네 알씩 주마."

그랬더니 원숭이들은 일제히 화를 냈다.

"그래 그래, 그럼 좋다. 이렇게 하자꾸나. 아침에 네 알씩 주고 저녁에 세 알씩 주는 걸로."

원숭이들은 이번에는 손뼉을 치며 좋아했다.

《열자》

아침에 네 개의 도토리를 주건 저녁에 네 개의 도토리를 주건 하루에 합이 일곱 개가 되는 것은 조금도 다름이 없다. 다만 어리석은 판단으로 시비의 감정을 불러일으킬 뿐이다. 그대는 원숭이인가, 저공인가?

생각지도 않은 보물이 세상엔 많다

주나라 목왕이 대대적으로 서쪽 오랑캐를 정벌하고 있었다.

오랑캐 족속의 어떤 사내가 목왕에게 보검 한 자루와 흰색의 비단 필을 바쳤다. 이 보검은 길이가 한 자 다섯 치나 되고 강철을 두드려 만든 것이었다. 칼날에서는 영롱한 광채를 뿜어냈고, 옥돌을 내려치면 단번에 두 토막이 났다. 또 그가 바친 비단 필은 반드시 불 속에 넣어 세탁을 해야만 되었다. 그러면 비단은 불빛이 되면서 때가 말끔하게 빠졌다. 그런 다음 이것을 불에서 끄집어내어 훌훌 털면 다시 눈처럼 새하얗게 되었다.

세월이 흘러 그의 태자가 말했다.

"그런 물건들은 원래 세상에 없어. 누군가가 꾸며낸 이야기에 불과하지."

그 말을 들은 어떤 신하는 이렇게 말했다.

'태자는 자기가 본 것만 믿고, 이런 물건이 세상에 있을
수 있다는 것을 모두 거짓말이고 하는 사람이구나.'

《열자》

이처럼 보배롭고 신기한 물건은 세상에 있을 수도 있고 없을
수도 있겠지만 내가 보지 못한 것, 더구나 그것이 나의 상식으로
용납하기 어려운 것이라면 그것을 마음으로 인정하고 받아들이
기란 얼마나 어렵겠는가.

말을 하는 것도 때가 있는 법이다

어떤 사람의 집 뜰에 말라 죽은 오동나무 한 그루가 있었다.

하루는 그 이웃집 영감이 말했다.

"죽은 오동나무가 집 안에 있으면 불길하다네."

이웃집 노인의 말을 듣고 그 사람은 부랴부랴 그 나무를 베어버렸다. 오동나무를 베어내자마자 이웃집 영감은 기다렸다는 듯이 와서 말했다.

"여보게, 이왕 나무를 베었으니 그걸 날 주게나. 땔감으로 썼으면 하네."

그 사람은 금세 불쾌해지는 기분을 견딜 수 없었다.

'이놈의 영감탱이가 땔감으로 쓸 속셈으로 내게 나무를 베라고 한게로군. 한 이웃에 살면서 어쩌면 이렇게 음흉할 수가……'

《열자》

말을 한다는 것은 참으로 어렵다. 아무리 공정한 말이더라도 상황에 맞지 않는다면 오해를 불러들이지 않는가?

생각을 크게 하면 넓은 세상이 보인다

갈림길이 많아도 맥락은 놓치지 말라

양자의 이웃 사람이 기르던 양 한 마리를 잃어버렸다.

사람들은 양을 잡으려고 왁자지껄 무리를 지어 몰려 나갔고, 양을 잃어버린 사람은 양자의 집으로 와서 양자의 어린 아들도 양을 찾도록 보내 달라고 했다.

이에 양자가 물었다.

"양 한 마리가 없어졌다면서 왜 저리 많은 사람들이 몰려 나가는게요?"

"갈림길이 많기 때문입니다." 한참 지난 후, 이웃 사람들이 돌아왔다. 양자가 다시 물었다.

"그래 양은 찾았소?"

"못 찾았습니다."

"아니? 왜요?"

"갈림길 가운데 또 갈림길이 있어서요. 이젠 단념했습니다."

《열자》

길(방법)이 많다는 것 속에는 다양성, 융통성, 편리성이 있다. 그러나 그것 속에는 또한 복잡성, 불확실성, 그리고 모호성의 함정이 도사리고 있는 것이다.

삶의 지혜는 성현에게만 있는 것이 아니다

제나라 관중은 습붕과 함께 환공을 따라 고죽이라는 나라를 정벌했다.

그런데 출발할 때는 봄이었는데, 전쟁이 끝나고 돌아올 때는 벌써 겨울로 접어들고 있었다. 계절이 바뀐 탓에 일행은 중도에 길을 잃고 말았다. 일행이 이리저리 허둥대고 있는데 관중이 이렇게 말했다.

"이런 때에는 늙은 말의 지혜를 빌리는 것이 좋소."

그리고는 그 말이 가는 뒤를 따라갔다. 과연 길을 찾을 수 있었다.

산길을 따라 한참을 가노라니 사람들은 목이 말라 입 안에 단내가 날 지경이었지만 아무리 둘러봐도 샘이 날 만한 곳은 보이지 않았다.

이번에는 습붕이 말했다.

생각을 크게 하면 넓은 세상이 보인다

"개미는 겨울 동안은 산의 남쪽에 살고, 여름에는 산 북쪽에 산다오. 그 개미집 아래 여덟 자 되는 곳에 물이 있는 법이오."

그들은 한참을 헤맨 끝에 개미집을 찾아내어 그 밑을 팠다. 과연 샘이 솟았고 갈증을 면할 수 있었다.

《한비자》

옛 성현들의 행동에서만 지혜를 발견할 수 있는 것은 아니다.

보라, 꽃 피고 지는 것에서 탄생과 소멸의 의미를 깨달을 수 있지 않는가. 또한 그대 발 밑에 피어 있는 풀 한 포기조차 바람에 흔들리면서 그대에게 살아가는 방법을 알려주지 않는가.

자신의 잣대로 남을 평가하지 말라

요임금이 천하를 허유에게 양위하려고 하였다.

그러나 허유는 이것을 거절하고자 한 친척집에 숨어버렸다. 그런데 그 친척은 허유의 초라한 몰골을 보고서는 이내 걱정이 되었다. 그는 마음속으로 생각했다.

'혹 가죽 갓을 훔쳐가면 어떡하지……. 옳거니, 깊이 감추어 두면 될테지.'

친척은 마침내 벽에 걸어두었던 갓을 장롱 깊숙이 감춰버렸다.

《한비자》

창문을 통해 세상을 바라보지 마라. 세상은 그대의 창으로는 담겨질 수 없는 드넓은 것이므로.

창문을 통해 세상을 바라보지 마라. 세상은 당신의 창처럼 틀에 박힌 것이 아니라 변화무궁한 것이므로.

생각을 크게 하면 넓은 세상이 보인다

사물의 본질을 정확히 파악하라

정나라 시골에 변자라는 사람이 있었다.

어느 날, 변자는 자기 아내에게 새 바지 하나를 만들어 달라고 했다. 그의 아내가 물었다.

"어떤 바지를 만들면 되겠어요?"

이에 남편이 바닥에 놓여 있는 헌 바지를 가리키며 대답했다.

"저기 저런 걸로."

이윽고 새로 바지가 지어지자 그것을 입으려던 변자는 깜짝 놀라고 말았다. 아내는 새 천을 찢어 헌 바지의 구멍 난 곳과 누빈 자리의 모양새까지 그대로 본따 바지를 만들었던 것이다.

《한비자》

우리는 사물을 구별할 때 손쉽게 '똑같다'라는 말을 자주 사용한다. 이 세상에는 똑같은 물건이 단 하나도 없다는 사실을 망각하면서.

사물에 대한 정확한 분석력, 본질을 파악하기 위해 사물을 물고 늘어지는 천착력을 포기하는 말이 똑같다라는 편의성을 지닌 말이 아닐까.

고전이란 재해석하는 것이다

양나라에 고전을 공부하는 사람이 있었다. 그는 걸핏하면 고전을 인용해서 어쩌고저쩌고 하면서 말 한 마디 행동거지 하나하나 모두 옛 사람의 말을 그대로 따르는 위인이었다.

하루는 그가 고전을 읽고 나서 이렇게 말했다.

"지나치게 갈고 닦아 모양을 내면 본바탕조차 잃어버리게 된다."

어떤 사람이 그 뜻을 물었다. 그러자 그는 이렇게 대답했다.

"옛날 책에 그렇게 씌어 있으니 원래부터 그런거야."

《한비자》

아무리 좋은 과거의 지식이라 할지라도 자기 철학을 거부하는 닫힌 마음과 경직된 사고로 대한다면 새로운 체험과 사고의 계발은 철저히 봉쇄될 것이다.

중요한 것은 열린 마음으로 대하는 고전의 재해석이다.

기록에 앞서는 것이 현실이다

정나라의 어떤 사람이 신발을 사려고 먼저 자기 발의 치수를 재어 종이에 적었다.

장에서 신발을 사려고 할 때, 그는 그제야 자기 발 치수를 적어 놓은 종이쪽지를 빠뜨리고 왔다는 사실을 발견했다. 그는 부랴부랴 집으로 돌아가서 쪽지를 들고 다시 장으로 왔지만 장은 벌써 파한 뒤였다.

이에 어떤 사람이 물었다.

"왜 신발을 그냥 신어보지 않았소?"

그러자 그는 이렇게 대답했다.

"치수를 적어 놓은 종이쪽지야 믿을 수 있지만, 글세 내 발이야 믿을 수가 있어야지."

《한비자》

더 이상 '둔필승어총'이라는 말에 현혹되지 마라. 기록이라는 것은 '설명'이나 '묘사'로 진행형인 사건을 과거형으로 구속하는 일이다. 보라. 그대 앞에 닥쳐온 현실을 어디 설명이나 묘사로 구속할 수 있는 일인가. 그런데 그대 마음까지도 왜 기록에 구속시키려 하는가.

자신의 위치를 헤아릴 줄 알아야 명장이다

송나라 양공이 초나라 군대와 탁록이란 곳에서 전투를 벌였다.

송나라 군사는 이미 진영을 정비했는데, 초나라 군사는 아직 강을 건너고 있었다. 이때, 장군 구강이 나서며 양공에게 말했다.

"초나라는 병력이 강한 반면 우리 송나라는 미약합니다. 지금 초나라 군사는 절반밖에 강을 건너지 못했으니 적군이 진영을 정비하기 전에 서둘러 기습하십시오."

그러나 양공은 이렇게 말했다.

"안될 말이다. 곤경에 빠진 사람을 공격하는 법이 아니라고 한다. 아직 적군은 강을 건너지 않았으므로 지금 공격하는 것은 도의에 어긋나는 짓이다. 적군이 완전히 강을 건너고 진영을 갖추면 진군의 나팔을 올려 적을 칠 것이다."

"그건 우리 군사력을 생각해보지 않고 도의만을 따지는

생각을 크게 하면 넓은 세상이 보인다

어리석은 짓입니다."

구강이 거듭 경고했지만, 양공은 물러서지 않았다.

"네가 끝까지 고집한다면 항명죄로 군법에 따라 처벌할 것이다!"

양공의 호통에 구강은 더 이상 고집하지 않고 물러 나왔다.

얼마 후 초나라 군사는 모두 강을 건넜고 진영을 갖추었다.

그러자 양공은 비로소 나팔을 울려 진군을 명했다. 그러나 송나라 군사는 중과부적으로 크게 패배하였고, 양공은 다리에 부상을 입고 사흘 만에 죽고 말았다.

《한비자》

인자함의 뿌리에는 따스한 사랑이 깃들어 있다. 그러나 사생결단의 전쟁터에서 약자가 강자에게 베푸는 인자함에는 죽음이 엄습해 올 것이다.

저 멀리 타인의 곤경은 생각해주면서도 코앞에 닥친 자신의 위기를 헤아릴 줄 모르는 사람.

인자함과 어리석음, 어느 것이 송나라 양공에게 어울리는 수사일까?

몸은 결코 마음의 속도를 앞지르지 못하는 법

제나라 경공이 소해라는 곳을 유람하고 있는데, 전령이 급히 달려와 아뢰었다.

"재상이 위독합니다. 속히 돌아가지 않으면 살아서 만나기 어려울 것입니다."

경공은 채비를 갖출 겨를도 없이 벌떡 자리에서 일어섰다. 그때, 또 전령 한 명이 달려와 다급하게 아뢰는 것이었다.

"재상이 위독합니다. 서둘러 돌아가셔야 합니다."

경공은 급히 소리쳤다.

"어서 말에 수레를 매고 마부를 오르라 하라. 서둘러라!"

이윽고 경공이 수레에 올라 수백 보를 달렸는데, 마음이 조급해진 경공은 마부가 수레를 늦게 몬다고 하여 직접 고삐를 잡고 말을 몰았다. 그런데 또 수백 보쯤 가서는 말이 달리는 것이 더디다 하여 아예 수레에서 내려 뛰었다.

《한비자》

목적지를 안내하는 가장 빠른 길이란 마음에 족쇄를 채우는 일이다.

서둘지 마라. 몸은 결코 마음의 속도를 앞지르지 못하는 법이다.

연륜을 배우는 것은 형식을 배우는 것이 아니다

세 젊은이가 한 노인과 함께 술을 마셨다.

한 젊은이는 노인이 술을 마시면 자기도 마셔야 되는 줄 알고 흉내내어 계속 마시고는 하였다.

또 다른 한 젊은이는 노인이 술을 한 방울도 남기지 않고 단숨에 들이키는 것을 보고 자신은 술을 마시지 못하면서 단숨에 마시느라 애를 썼다.

나머지 한 젊은이는 노인이 술기운을 견디지 못해 토하는 것을 보고, 자기는 멀쩡한데도 노인을 흉내내어 손가락을 입에 집어넣고 억지로 토해버렸다.

《한비자》

연륜을 배운다는 것이 형식을 배운다는 것은 아니다.

잘못된 음주의 모방은 개인의 건강에 해를 끼치고, 그릇된 지식에 대한 학습과 전수는 사회를 병들게 한다.

그러므로 외형을 모방하지 말고 정확한 내용을 파악하는 시각을 배워야겠다

당장의 겉보리 서 말이 더 긴요할 때가 있다

　장주는 집안이 가난했다. 살림살이에 통 무관심한 장주에게 아내는 늘상 바가지를 긁어댔다.

　어느 날 양식거리가 떨어지자, 아내의 바가지는 또 시작됐다. 견디다 못한 장주는 집을 나섰고 이곳저곳을 배회하다가 감하후에게로 갔다.

　"겉보리 서 말만 꿔주시오."

　장주의 청에 감하후가 대꾸했다.

　"아니야. 이왕이면 고을에서 세금을 거둬다가 자네에게 한 삼백 냥쯤 주지."

　장주는 이 말에 화를 버럭 내더니 그리고는 이렇게 말했다.

　"아까 오는 길에, 길가에서 누가 날 부르기에 살펴보니 수레바퀴에 패인 웅덩이 속에 붕어 한 마리가 퍼득대고 있습디다. 그래서 내가 물었소. '붕어 씨 아닌가? 여기서 대체 뭘 하고 있는 건가?' 그랬더니 그놈이 대답하기를 '나는 동쪽 바다에 사는 붕어요. 당신이 물 한 초롱만 부어주면 나는 살 수 있소'라고 합디다. 그래서 나는 '내가 온 천하를 돌아나니며 큰 강물을 끌어다 자네를 구해주겠네' 라고 했더니 그 녀석이 화를 벌컥 내면서 '나는 물이 없으면 살 수가 없소. 지금 물 한 초롱이면 내가 살 수 있는데, 그런 엉뚱한 소리를 지껄이다니. 그럴 바엔 일찌감치 건어물 가게에나 가서 날 찾으시오!' 라고 하더이다."

《장자》

우리들에게 지금 가장 절박한 것은 무엇인가? 불확실한 미래의 찬란한 영화인가?

진정 우리가 원하는 것은 아침 나절 되살아나는 희망의 가벼운 발걸음, 저녁 무렵의 평온한 휴식인 것이다.

솔개는 봉황의 높은 뜻을 모른다

　장주는 친구 혜시를 만나러 그가 재상노릇을 하고 있는 양나라로 갔다. 양나라 도읍인 대량에 도착한 지 여러 날이 지났다. 그간 장주는 여러 차례 혜시에게 기별을 했는데도 혜시는 종당 소식이 깜깜이었다.

　하루는 이양이라는 사람이 장주에게 이상한 소문을 전해 주었다. 그 소문은 '장주가 혜시를 밀어내고 양나라의 재상이 된다'는 것이었다. 이양은 이렇게 덧붙였다.

　"그래서 혜시 선생은 지금 두려워서 선생을 자기에게 오지 못하게 한다는 겁니다."

　"누가 그런 터무니없는 얘기를?"

　"글쎄 그건 저도 모르겠습니다."

　"허……참, 그 친구 벼슬살이하더니 이제 아주 소인이 돼버렸구먼."

　장주는 쓴 웃음을 짓고 말았다.

　이튿날 이양은 또 이런 소문을 전했다.

　"지금 혜시 선생이 선생을 찾는답니다. 아마 겁을 먹고 선생께서 궁궐에 나타나지 않도록 미리 선수를 치려는가

생각을 크게 하면 넓은 세상이 보인다

봅니다."

"그 친구도 이제 운이 다한 게로군."

장주는 이 한 마디를 내뱉고는 더 이상 말이 없었다.

이튿날 장주는 예고없이 혜시를 직접 찾아갔다. 뜻밖에 불쑥 나타난 장주를 보고 혜시는 당황한 나머지 얼굴이 잿빛이 되었다. 혜시가 건성으로 반기는 인사를 하자 장주는 대뜸 이렇게 말했다.

"남쪽 나라에 원추라는 봉황이 있어. 이 새는 남쪽 바다에서 저 북쪽 바다까지 날아가는 동안 오동나무가 아니면 내려앉지를 않네. 또, 대나무 열매가 아니면 먹지도 않고, 단 샘물이 아니면 마시지를 않지. 그런데 마침 솔개라는 놈이 썩은 쥐새끼를 먹으려고 입에 물고 있다가, 원추가 날아가는 것을 보고는 혹시 자기 먹이를 뺏기라도 하는 줄 알고 '끼약!' 하고 소릴 지르며 성을 내었다네."

장주는 이 말을 남기고 쓸쓸히 발길을 돌렸다. 인심의 무상을 새삼 느끼며 장주는 먼 하늘을 바라보았다.

《장자》

그대에게 봉황이 내려앉을 오동나무가 되라고 하지는 않겠다. 그대 능력 밖의 일이므로. 하지만 그대가 봉황이 아닌데도 상대가 오동나무가 되라거나 대나무 열매가 되라고 강요하지 마라. 그대 역시 비열하고 탐욕에 가득찬 솔개이기 때문이다.

목적이 수단을 정당화시킨다

조상이라는 자가 있었다. 그는 송나라의 신하였는데, 가끔씩 장주를 찾아와 거드름을 피우면서 자기 자랑을 늘어놓곤 했다.

어느 날 그는 송나라의 사신으로 진나라엘 다녀왔다. 떠날 적에는 수레 몇 대의 단출한 출발이었는데, 돌아올 때는 수레 백 대를 가지고 왔다. 사람들은 그의 수완에 놀라움을 금치 못했다. 이에 조상은 자기가 진나라 임금을 설득해서 얻어낸 것이라며 한껏 뽐을 냈다.

하루는 그가 장주를 찾아와 그 일을 자랑스레 늘어놓았다.

"난 더러운 가난뱅이들 소굴에서 짚신이나 삼으면서 누렇게 뜬 얼굴로는 살아가지 못할 것 같애. 난 큰 나라 임금을 감동시켜서 단번에 수레 백 대를 손에 넣는 그런 재주밖에 없으니 말이야. 하! 하! 하!"

생각을 크게 하면 넓은 세상이 보인다

조상의 이 말은 장주를 비꼬고 멸시하는 말임에 분명했다. 그러나 장주는 조상을 거들떠보지도 않은 채 말했다.

　"진나라 임금은 병이 나자 자기 몸에 난 종기를 빨아주는 자에게는 수레 한 대를 주고, 똥구멍에 난 치질을 핥아준 자에게는 수레 다섯대를 주었다더군. 당신은 임금의 치질이라도 핥아줬는가 보지?"

　조상은 모멸감을 견디지 못하고 얼굴이 벌개진 채 달아나고 있었다.

《장자》

　아직도 수단이 목적을 정당화시킨다는 고전 명제를 자랑스럽게 믿는 사람이 있을까.

　지금 목적이 수단을 정당화시킨다는 유행어를 수치로 알고 거부하는 자 있을까.

땀을 흘린 자만이 부자가 된다

큰 부자와 찢어지리만치 형편없는 가난뱅이가 있었다.

어느 날, 가난뱅이는 부자를 찾아가 부자가 되는 방법을 물었다.

부자가 대답했다.

"나는 도둑질을 잘 한다오. 도둑질을 시작한 지 1년 만에 자급자족 할 수 있었고, 2년 만에 저축을 할 수 있었고, 3년 만에 넉넉해졌소. 그 후로는 이웃 사람들에게 베풀 수 있을 정도로 풍족해졌소."

이 말을 들은 가난뱅이는 너무도 기뻤다. 그러나 그는 그 부자가 도둑질했다는 말만 들었지 어떻게 하는 것인지는 미처 알지 못했다.

마침내 그는 남의 집 담장을 뛰어넘어 보이는 대로, 집히는 대로 마구 훔쳐댔다. 하지만 얼마 못 가 발각되고 말았다. 그는 잡혀가 죽도록 얻어맞고 물려받은 재산마저 몽땅 압수당한 채 풀려났다.

이에 가난뱅이는 부자가 자기를 속였나고 생각하고는 부자를 찾아가 원망을 늘어놓았다. 이에 부자가 물었다.

"도대체 당신은 어떻게 도둑질을 했소?"

이에 가난뱅이는 사실대로 말했다. 그러자 부자는 이렇게 말했다.

"당신은 도둑질하는 이치를 몰랐구려. 나는 계절과 대지를 이용하여 도둑질을 했소. 하늘에서 내려주는 단비와 산과 들, 연못에서 나는 많은 자연의 산물을 이용하여 벼를 키우고, 곡식을 번식시키고, 담을 쌓아 내 집을 지었소. 땅에서는 새와 짐승을 훔치고, 물에서는 물고기와 자라를 훔쳤소. 생각해보시오. 곡식이나 새, 짐승, 물고기는 모두 하늘이 생육시킨 것이니 내 것이 아닌 셈이오. 나는 하늘의 것을 훔쳤지만 재앙을 당하지는 않았소. 그러나 금, 은, 보배는 남들이 모은 것이오. 그걸 도둑질하여 죄를 얻었으니 누구를 원망하겠소."

가난뱅이는 도무지 이해가 되지 않았다. 그저 부자가 또 자기를 속인다고만 생각하였다.

《열자》

무성한 숲 그늘 아래 앉아서 더위를 식히고 있는 사람에게 나무는 말한다.

"그대들은 멋대로 나의 그늘을 빌리고, 나를 죽여서 그대들의 땔감으로 쓰는구나. 그대들이 역사를 세우는 일은 나를 훔치는데 서부터 시작되었다."라고.

그리고 또 말한다.

"그래도 좋다. 땀 흘려 일한 사람만이 나의 그늘에 쉬러온다면" 이라고.

생각을 크게 하면 넓은 세상이 보인다

틀에 박힌 사고방식에서 깨어나라

송나라에 한 술장수가 있었다. 그는 술 되를 넉넉하게 주고 친절하게 손님들을 접대하였으며 술맛 또한 손색이 없었다. 술집 간판도 높이 내다 걸었다.

한데 술이 쉬어 초가 되도록 술은 팔리지 않았다. 술장수는 너무도 의아하여 이웃 노인에게 그 까닭을 물었다.

"도무지 알 수가 없어요. 어쩜 이렇게 파리만 날리는거죠?"

노인이 되물었다.

"자네 집에 사나운 개가 있질 않나?"

"예. 그런데 사나운 개가 있는 것과 술 파는 것이 무슨 관계가 있나요?"

"사람들이 두려워하기 때문이지. 가령 어린아이에게 주전자를 들려 술을 받아오게 보낸다면, 개가 아이를 물어뜯을걸."

《한비자》

그대여, 그대의 틀에 박힌 사고방식의 문을 지키며 으르렁대고 있는 개부터 서둘러 잡아라.

인력(人力)을 다 하고 천명(天命)을 기다려라

어떤 대장장이가 쇠를 녹이고 있었다.

도가니 속에서 쇠가 펄펄 뛰면서 말했다.

"나는 반드시 막야검¹같은 보검이 되고 말 테야."

《장자》

삶과 죽음은 나의 의지에 따라 좌우되지 않고 대자연의 의지와 도리에 따라 결정된다. 마치 쇠의 자질을 가지고 무엇을 만드는가가 대장장이의 마음에 달린 것과 같이.

그대는 그대의 소관이 아닌 것에 기웃거리지 말라. 열매가 되려는 씨앗은 캄캄한 땅속을 뚫고 나오는 생명력부터 배우지 않는가.

¹막야검 : 옛날 중국에서 명성을 떨쳤던 보검 중에 하나.

옳음은 분석의 대상이 되거나 대립되는 것이 아니다

어느 날 장주가 혜시와 논쟁을 벌였다.

장주가 말했다.

"내가 자네와 논쟁을 했다고 치세. 자네가 논리로써 나를 이기고 내가 졌다면 과연 자네는 옳고 나는 그른 것인가? 또, 내가 이기고 자네가 졌다면 내가 옳고 자네는 그른 것인가? 일부만 옳고 일부는 그른 것인가? 아니면 완전히 옳거나 완전히 그른 것인가?"

"……?"

혜시는 아무런 대꾸도 않은 채 그저 묵묵히 장주의 말을 듣고 있었다. 장주는 말을 이어갔다.

"나와 자네가 모두 이것을 모른다고 한다면, 다른 사람 역시도 판단하기 어려울 것이네. 그렇다면 우리는 누구에게 그것을 판단하게 할 것인가? 자네 의견에 동조하는 자에게 판단을 맡긴다고 해보세. 그렇다면 그는 이미 자네와 의견을 같이 하고 있네. 그러니 어떻게 판단할 수 있겠나? 또 나의 의견에 동조하는 자에게 판단을 맡긴다고 가정하세. 역시 마찬가지일세. 그는 이미 나와 같은 의견을 가지고 있기 때문에 판단을 할 수가 없다는 것은 명백할 걸세. 나나 자네, 우리 두 사람과 다른 의견을 가진 자에게 판단하게 한 대도 결과는 마찬가지일세. 그는 이미 나나 자네와 의견이 다르네. 하니 그가 어떻게 판단할 수 있겠는가? 또 나나 자네와 같은 의견을 가진 사람에게 판단하게 한다고 치세. 이때도 그는 자네나 나와 의견이 같네. 따라서 판단할 방법이 없네."

《장자》

옳음은 분석적인 것이 아니다. 그러므로 옳지 않음의 대립적인 것이 옳은 것이라는 것도 옳지 않다.

옳음은 다수의 힘에 의해 인정되는 것도 아니다. 수가 변한다면 옳지 않음이 옳음으로 변할 게 아닌가. 옳음은 옳음 그 자체인 것이다.

생각을 크게 하면 넓은 세상이 보인다

완벽한 것보다는 부족한 것을 가꾸고 키워라

공호와 제영은 모두 병에 걸려 있었다.

하루는 두 사람 모두 편작이라는 유명한 의원을 찾아가 자신들의 병을 고쳐달라고 간청했다. 편작은 쾌히 응낙하고는 공호와 제영 두 사람에게 말했다.

"지금 당신들의 병은 병균이 오장육부에 침범한 것에 지나지 않소. 약만 쓰면 충분히 치료가 되오. 하지만 당신들의 몸 속에는 나면서부터 생긴 질병이 함께 자라나고 있소. 그러니 내가 근본적인 치료를 해야 되겠소? 두 분 생각은 어떻소?"

"참 고마운 말씀이오. 그런데 무슨 수로 고칠는지……?"

"당신은 의지는 강하지만 기질이 약하오. 때문에 무슨 일을 할 때 처음에 계획은 잘 합니다. 하지만 실행에 옮길 과감성이 없어요."

편작은 공호에게 이렇게 말한 다음, 이어서 제영에게 말했다.

"당신은 의지는 약하지만 기질은 강하구려. 무슨 일을 할 때 처음부터 깊이 생각하는 일은 적지만 일단 결정된 일은 과감하게 밀어붙여요. 하지만 조심하시오. 실패할 때가 있을 테니."

편작은 이어서 두 사람에게 말했다.

"만약에 당신네 두 사람의 심장을 서로 바꿔 놓는다면 모두 완벽한 인물이 될 수 있소."

이에 두 사람은 쾌히 승낙했다.

편작은 두 사람에게 독한 술을 마시게 하여 사흘 동안 혼수상태에 빠지게 한 다음 두 사람의 흉부를 해부하고 심장을 꺼내어 서로 바꿔 넣었다. 그런 다음 신비한 약을 먹여서 의식을 회복하게 하였다.

두 사람은 편작에게 고맙다는 인사를 하고 각자 집으로 돌아갔다.

그런데 두 사람은 심장이 서로 바뀐 이유로 자기 집으로 간다는 것이 상대방의 집으로 가고 말았다. 집 안에 있던 가족들이 그들을 알아 볼 리 만무했다. 한바탕 소동을 치른 다음, 그 두 집의 부인은 각각 편작을 찾아가 사정을 설명하고 도움을 청했다.

먼저 편작은 공호의 부인에게 타일렀다.

생각을 크게 하면 넓은 세상이 보인다

"정신이 건전한 것도 중요하지만 첫째 신체가 건강해야 합니다."

다시 제영의 부인에게 타일렀다.

"부인, 사람이란 신체보다도 정신 건강이 우선이랍니다."

《열자》

완벽한 인간이 되길 꿈꾸는 사람들의 욕망. 없는 것을 다른 데서 채워 넣으려는 욕심보다 부족한 것을 가꿔 나가려는 자기 계발이 필요하다.

어느 날 장주는 친구 혜시와 강 다리 위를 지나고 있었다.

강물은 유리처럼 투명했으며 유유히 노니는 물고기들이 훤히 들여다보였다. 물고기들은 마치 서로 쫓고 쫓기듯 떼 지어 다니다가 지치면 물 밑 바위 틈이나 수초 사이에서 휴식하는 듯기도 하였다.

장주는 멈춰 선 채 한참이나 유심히 물고기들을 굽어보다가 이렇게 말했다.

"저것이 물고기들의 즐거움일 테지⋯⋯!"

혜시가 장주의 말을 낚아챘다.

"자네가 물고긴가?"

"아니지⋯⋯?"

"그런데 자네가 어떻게 물고기의 즐거움을 알 수 있는가?"

그러나 장주는 이렇게 받아넘겼다.

"자네가 나인가?"

"물론 아니야."

"그럼 자네는 내가 아니면서 어떻게 내가 물고기의 즐거움을 모르는 줄 아는가?"

장주의 반박에 혜시는 또 이렇게 말을 받았다.

"물론 나는 자네가 아니네. 그러기에 내가 자네를 알 턱이 없지. 마찬가질세. 자네는 물고기가 아니므로 물고기의 즐거움을 모르는 것이 당연하단 말일세."

장주는 허공을 한번 휘 둘러보고 나서, 천천히 대답했다.

"그렇다면 우리 처음으로 돌아가서 다시 따져 보세. 자네가 나에게 '너가 어떻게 물고기의 즐거움을 아는가?' 하고 말한 것은 이미 내가 물고기의 즐거움을 알고 있다는 것을 알고 묻는 것일세. 그러니 나는 물고기가 노니는 것을 보고 그들의 즐거움을 안다는 말이 되네. 내 마음과 물고기의 마음이 하나가 된 것이지."

《장자》

논쟁은 긍정과 부정의 대립에서부터 시작된다. 결국 자기의 의견이 옳고 남의 의견은 그르다는 이야기다. 상대방의 반론은 내이론의 정당화를 위한 근거로 이용할 뿐이다.

논쟁을 그만둬라. 논쟁으로 표현하려는 것은 하나라고 표현할 수 없는 전체가 담긴 하나이기 때문이다.

장주는 친구인 주담의 집에 머물고 있었다.

하루는 선비 한 사람이 그를 찾아왔는데 그는 몹시 거들먹거리며 다짜고짜 물었다.

"당신이 말하는 도라는 것은 도대체 어디에 있다는거요?"

장주는 그 선비의 얼굴을 힐끗 쳐다보고는 이렇게 대답했다.

"없는 곳이 없소."

"좀 분명하게 말하시오."

선비는 팔짱을 낀 채 퉁명스럽게 따졌다.

"개미에게 있소."

"허, 도라는 것이 어찌 그런 보잘 것 없는 곳에 있단 말이오?"

선비는 비웃듯이 장주를 노려보며 말했다.

"저 잡초 속에도 있소.'

선비는 웃기는 소리 말라는 표정이었다.

"진흙으로 빚은 기왓장 속에도 있소."

"점점 웃기는군."

선비는 코웃음을 쳤다.

"똥이나 오줌 속에도 있소."

선비는 입을 떡 벌린 채 어이가 없다는 표정을 지었다.

장주는 말했다.

"시장 관리인이 시장 감독에게 돼지의 살찐 정도를 알 수 있는 방법을 물었소. 그 감독의 대답이 살이 잘 안 찌는 아래 쪽으로 내려 갈수록 살찐 다른 부분을 알 수 있다고 대답했소."

《장자》

장주는 말한다.

"만물의 이치가 일정한 곳에 머물러 있다고 생각하지 마라. 사물은 자연을 떠나서는 하나도 존재하지 못한다. 때문에 똥이나 오줌에도 이치는 존재하는 것이다"라고.

그러나 결코 당신의 눈이 떠지지 않는 한 도는 어디에도 없으리.

그림자란 형체가 없으면 스러지는 법

　초나라의 어떤 사람이 자기 콧등에 흰 흙을 파리날개처럼 얇게 발랐다. 그리고는 장석이라는 유명한 석공을 불러다가 그것을 깎아내라고 하였다.

　장석은 춤을 추듯 도끼를 놀려댔다. 바람이 씽씽 일었으나 초나라 사람은 눈 하나 까딱하지 않았다. 얼마가 흘렀을까, 이윽고 콧등에 발라놓았던 흰 흙은 말끔히 없어졌다. 그러나 초나라 사람의 코끝은 다친 데라곤 전혀 없었다.

　세월이 흐른 어느 날, 송나라 임금이 이 소문을 전해 듣고는 은근히 호기심이 발동했다. 그는 사람을 보내서 그 유명한 석공을 불러오게 했다. 이윽고 석공이 임금 앞에 나서게 되었다.

　"내 너의 소문은 익히 들었다. 어디 그 재주를 나에게도 한 번 보여 줄 수 없을까?"

그러자 장석은 이렇게 대답했다.

"전에는 능히 그렇게 할 수 있었습니다. 하지만 그 상대가 지금은 죽고 없습니다. 상대가 없으면 저의 재주는 써먹을 수가 없습니다."

《장자》

메아리는 그 이전 소리가 있음으로 대답하는 것이다. 그림자는 형체가 있음으로 따르는 것이다. 청중 없는 음악회란 도무지 상상하기 어렵다. 그러므로 작고 보잘것없는 거라 해도 상대란 서로서로의 그림자인 셈이다.

혜시가 장주에게 말했다.

"자넨 쓸데없는 소리를 하고 있다네."

그러자 장주는 이렇게 말했다.

"쓸데없는 것을 알아야 비로소 쓸데있는 것을 안다네."

"그게 무슨 소린가?"

혜시는 의아한 표정으로 되물었다.

"생각해보게나. 지상은 광대하지만 사람이 필요한 것은 발을 디딜 수 있는 좁은 범위라네. 그렇다고 발로 밟고 있는 범위만 남겨 놓고 그 나머지를 몽땅 파내어버린다면 사람은 그래도 그 발을 딛고 있는 밑의 땅만 쓸모가 있다고 할 텐가?"

그러자 혜시는 이렇게 대꾸했다.

"그것만으로는 무용하지."

"그것보게. 그렇다면 무용지물이라는 것이 사실은 쓸모 있는 것임이 분명하지 않은가?"

《장자》

눈에 띄지 않으면 섣불리 '없다' 라고 표현하지 말고 당신 시야의 한계를 탓하라. 이 세상은 당신 두 눈으로 전부 보기에는 너무 넓은 것이지 않은가.

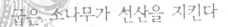

혜시는 장주가 평소에 하는 말이 너무 광범위하고 엄청
나 쓸모가 없다고 여겼다. 그래서 하루는 비아냥거리며 이
런 말을 했다.

"우리집에 큰 나무가 있어. 사람들은 그걸 개똥나무라고
부르더구먼. 그건 줄기가 고르지 못하고 가지는 비비 꼬여
서 아무짝에도 쓸모가 없어. 거리에 내다논대도 목수들이
거들떠보지도 않을걸."

장주는 혜시의 말뜻을 알아차렸다. 그리고는 이렇게 대
꾸했다.

"자네 살쾡이 본 적 있나?"

"물론 있지."

"그래, 살쾡이란 놈은 말이야, 몸을 땅바닥에 바짝 웅크
리고 들쥐를 기다린다구. 그러다가 들쥐가 나타나면 그걸
잡으려고 이리 뛰고 저리 뛰고 하다가 결국은 덫에 걸리거

나 그물에 걸려 죽는다네. 하지만 들소를 보게. 들소는 하늘에 드리운 구름 같은 몸집을 하고 있지만 한 마리 들쥐도 잡지 못하지."

"……?"

"지금 자네는 큰 나무를 가지고 쓸모가 없다고 투덜거리기만 하네. 왜 너른 들판에 심어 놓고 그 주위를 한가롭게 오가고, 또 그 그늘 아래 누워 유유히 낮잠이라도 즐길 생각은 하질 못하는가? 쓸모가 없으니 도끼에 찍힐 염려도 없고…….어떤가? 아무짝에도 쓸모가 없다는게 무슨 괴로움이 되겠나?"

《장자》

하늘 아래 의미 없이 존재하는 것은 하나도 없다. 당신은 보석 이외는 모두 돌이라고 하지만 다시 한번 잘 살펴보라. 당신은 이름을 모르지만 모두 다 그 나름대로 빛을 발하고 있지 않은가.

미추(美醜)의 기준은 피부 한 껍질 차이뿐

어느 날, 노자는 길을 걷다가 잠시 길가 고목 아래 앉아서 쉬고 있었다. 옆자리에는 뭇 사내들이 돗자리를 깔고 둘러앉아 골패놀이에 여념이 없었고, 그 옆에는 장돌뱅이인 듯한 두 사내가 짐을 벗어놓은 채 손으로 열심히 부채질을 하며 더위를 쫓고 있었다.

그때 물항아리를 이고 그들 앞을 지나가는 한 소녀가 있었다. 열예닐곱 살이나 되었을까? 바야흐로 한창 피어나는 자태는 한 떨기 꽃에 비견될 듯 보였다. 한 사내가 불쑥 내뱉었다.

"저런 아가씨하고 한번 살아봤으면……."

그러자 옆에 있던 다른 사내가 맞장구쳤다.

"그래. 우리 여편네야 쑤다 만 메주덩이 같은 것이 허구한 날 바가질세. 그저 새끼들 말썽 없이 잘 크는 낙뿐이라네."

묵묵히 그들의 얘기를 듣고 있던 노자가 말했다.

"세상사람들은 모두들 아름다운 것은 아름다운 것이라고만 믿고 있소이다. 하지만 그건 추한 것일 뿐이외나. 어디 그뿐이오? 상식적으로 착한 것은 모두 착하다고들 믿지만 그것은 사실 착하지 못한 것일 뿐이지요."

"……?"

《열자》

멀리 있는 것과 겪어보지 않은 것에 대해선 일단 좋은 생각을 품게 된다. 즉, 우리는 비현실적인 것에 대해선 아름답다는 상상을 하게 되는 것이다.

사람의 욕심 - 꽃을 꺾어 옆에 두고서 그 아름다움을 영원히 남겨 둘 순 없는지.

망량[1]이 그림자에게 물었다.

"넌 어쩜 도무지 가만있질 못하니? 움직이다간 금세 멈추고, 앉는가 싶다가는 벌떡 일어서고."

그림자는 이렇게 대답했다.

"글세? 그건 내가 의지하고 있는 것 때문일거야. 그리고……, 내가 의지하고 있는 것도 또 의지하고 있는 게 있을거야. 아마도 그 때문이겠지. 내가 의지하고 있는 건…… 글쎄 뱀의 비늘이나 매미의 날개와 같다고나 할까? 하지만 그 까닭이야 낸들 어찌 알겠어?"

《장자》

　망량은 그림자에 부속된 것으로 그림자에 따라 움직여야만 하는 존재이기 때문에 그림자의 행위에 절대로 관여할 수 없는 처지이다. 그래서 망량은 자신을 주재하고 있는 실체를 이해하지 못하고 다만 세속적인 눈으로 현상만을 볼 뿐이다.

　우리 인간들도 바로 이 세상의 망량은 아닐지.

　'망량: 그림자 옆에 생기는 그늘. 즉 그림자의 그림자를 말함.

자연따라 사는 삶

어느 노인의 세 가지 즐거움

어느 날, 공자는 노나라 태산으로 유람을 가고 있었다. 중도에 한 들판을 지나다가 사슴 가죽 옷을 입고 거문고를 타면서 노래를 부르고 있는 영계기라는 노인을 만나게 되었다.

공자가 그에게 물었다.

"선생께선 무엇이 그리도 즐거우신가요?"

"나의 즐거움은 무척 많소. 세상 만물 중에 사람이 가장 귀하오. 한데 나는 사람으로 태어났소. 그러니 이것이 첫 번째 즐거움이오. 사람들은 남녀를 차별하고 있소. 그런데 나는 사내로 태어났소. 그러니 이것이 두 번째 즐거움이오. 또 개중에는 태어나서 해와 달도 보지 못하고 강보에 싸인 채 죽음을 면치 못하는 자도 있소. 하지만 난 벌써 올해 나이가 90이란 말이오. 그러니 이 또한 즐거움이 아니겠소? 가난하게 사는 것은 도를 닦는 선비에게는 당연히

있는 일이요, 죽음이란 산 사람에게 있어서 자연스러운 종
말인 것이오. 이제 나는 사람으로 당연히 있는 일에 처하
여 살다가 제명에 죽게 되오. 그러니 내게 무슨 근심이 있
겠소?"

《열자》

    사람으로 태어나 하늘이 내려준 수명을 누리고 사는 노인의 행
복, 우리도 이와 같이 사는데 왜 행복을 느끼지 못하고 근심에
시달리며 살아가는 걸까.
    행복을 행복으로 느끼지 못하는 건 행복이 산 너머 저 멀리 있
다고 잘못 생각하는, 아니 만족할 줄 모르고 사는 탐욕 때문에
근심에 시달리며 살아가는 것은 아닌지.

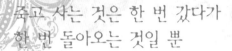
어느 화창한 봄날, 나이 백 살을 바라보는 임류는 묵은 밭에서 떨어진 이삭을 줍고 있었다.

마침 그곳을 지나던 사람이 이 모습을 보았다. 밭 언덕을 가로질러 그에게로 달려간 행인은 숨을 몰아쉬며 임류에게 물었다.

"노인장께서는 이제껏 세상살이를 후회하신 적이 없으신지요? 이삭을 주으면서도 이토록 즐거워하시니……."

임류는 들은 척도 않은 채 발길도, 콧노래도 멈추지 않고 이삭줍기를 계속했다. 행인은 그가 입을 열 때까지 자꾸만 말을 건넸다. 임류는 마침내 도리없이 말문을 열었다.

"여보게, 젊은이. 내가 뭘 후회할 거라고 생각하는가?"

"제가 보기에는 어르신께서는 젊어서는 열심히 일하지 않았고, 지금은 처자식도 없이 외롭게 살아가시는 것 같습니다. 한데 무엇이 즐거워서……."

임류는 빙그레 웃으며 대꾸했다.

"내가 즐거워하는 것은 별다른 게 아니오. 남들도 다 가지고 있는 것일 뿐이지. 다만 남들은 그걸 거꾸로 근심하고 있을 뿐이야……. 나는 젊어서 열심히 일하지도 않았고 남과 경쟁하지도 않았기에 이렇게 장수하는 것이네. 이제 곧 죽을 터인데다 처자식도 없으니 얼마나 즐거운가."

행인은 임류의 말을 이해할 수 없었다. 그는 이내 자신의 생각으로 임류에게 되물었다.

"하지만 장수라는 것은 사람들이 원하는 것이고, 죽는다는 것은 누구나 두려워하는 겁니다. 그런데 어르신네께서는 죽음을 즐겁게 여기신다뇨?"

임류는 이렇게 대답했다.

"죽고 사는 것은 한 번 갔다가 한 번 돌아오는 것일 뿐이네. 나는 그저 죽고 산다는 현상이 서로 같지 않다는 것만 알 뿐, 사람들이 이 세상에서 분주히 삶을 위해 돌아 다니는 것이 모순인가 아닌가는 나도 알 수 없다네. 또 지금 내가 죽는다는 것도 옛날 그 어느 때에 살던 것보다 나은지 못한지 하는 것 또한 말일세."

《열자》

죽은 자도 살아 있을 때, '왜 그렇게 삶에 집착했을까'라고 후회하지 않는다고 단정할 수 있을까.

삶에 탐닉하고 죽음을 두려워하는 것, 이는 젊을 때 고향을 떠난 사람이 고향에 돌아갈 것을 두려워하는 것과 마찬가지가 아닌지.

쓸모 없는 부분이 있어야 쓸모 있는 것이 된다

수레바퀴를 보라. 수레바퀴는 많은 바퀴살이 바퀴 한복판에 난 구멍으로 모여든다. 그렇게 해서 수레바퀴가 만들어지고, 거기에 수레축을 연결함으로써 수레가 굴러 다닐 수 있는 것이다.

질그릇을 보라. 질그릇은 속이 텅 비어 있다. 때문에 거기에 물을 담고, 음식을 담을 수 있는 것이다.

벽을 뚫고서 창문을 내어 방을 만드는데 방이라는 것은 그 안에 비어 있는 공간이 있어야 방으로써의 구실을 하는 것이다.

따라서 있는 것으로 이로움을 삼고 없는 것으로 작용을 삼는 것이다.

《노자》

그릇을 보라. 정도의 차이는 있지만 가운데는 모두 움푹하게 들어가 있다. 그 움푹 들어간 곳에는 아무것도 없다. 그러나 한가운데가 비어 있지 않다면 물건을 담을 수 없으리라.

이처럼 쓸모 없는 부분이 존재하기 때문에 우리는 비로소 쓸모 있는 것을 쓸 수 있게 되는 것이다.

나는 나비인가 장주인가

　장주는 나비가 되어 하늘을 훨훨 날고 있었다.

　마음은 가볍고도 즐거웠으며 몸은 점점 가벼워지고 끝없이 펼쳐진 아득한 하늘 먼 곳으로 자꾸만자꾸만 날아 올랐다. 장주는 자신이 장주라는 것을 모르고 있었다.

　장주는 꿈을 꾸고 있었다. 잠에서 깨어났을 때, 장주는 틀림없는 장주 자신이었다. 그러나 장주는 알 수가 없었다.

　'지금 나는 장주이다. 그런데 지금의 장주, 내가 꿈에서 나비가 된 것이었을까? 나비가 꿈속에서 지금 장주가 된 것일까? 지금의 현실이 꿈인가? 아까의 꿈이 현실인가? 아아! 알 수 없어라.'

《장자》

　꿈속의 나비와 현실의 장주는 결국 하나이다. 그것이 두 개로 떨어져 별개로 느껴지는 것은 사람마다 모두가 세상의 끊임없는 변화 속에 속해 있기 때문이다.

　장주가 나비로, 나비가 장주로 바뀌는 변화, 그것은 절대적인 도의 경지에서 본다면 모두 하나인 것이다. 바로 황홀의 뜰에서 노닐고, 광활한 들판에 홀로 서 있는 그런 경지를 말함일 것이다.

진흙탕일망정 꼬리를 끌며 자유롭게 살다

　장주는 낚싯대를 드리운 채 호숫가를 떠날 줄 몰랐다.
벌써 한나절은 족히 지났으리라.

　명상에 잠겨 있는 듯한 그의 주위를 적막만이 감싸고 있
었다. 그때 호수 뒤편 숲 오솔길을 따라 관리의 복장을 한
두 사내가 장주 곁으로 다가왔다.

　"장주 선생이신가요?"

　그중 한 사람이 다가서며 물었다. 그는 깎듯이 예의를
차렸고 장주는 아무 말도 없이 고개만 끄덕였다.

　"저흰 초나라 임금께서 보낸 사신입니다. 임금의 전갈을
전하고자 왔습니다."

　장주는 돌아보지도 않고 대꾸했다.

　"무슨 일이오?"

　"나라의 재상을 맡아달라는 임금의 분부십니다."

　장주는 한참을 명상에 잠긴 듯 말이 없었다. 낚싯대를

생각을 크게 하면 넓은 세상이 보인다

잡은 손만 가끔씩 놀리면서. 얼마쯤 흘렀을까? 장주는 이윽고 입을 열었다.

"나는 초나라에 신통한 거북이가 있다는 이야기를 들었소. 그 거북은 죽은 지 3천 년이나 되었는데도 임금은 그것을 비단으로 싸서 상자에 넣어 사당에 소중히 간직해 놓았다더군요. 그런데 그 거북이는 껍질만 남은 채로 그처럼 소중히 대접받기를 바라겠소? 아니면 진흙탕 속에서라도 꼬리를 끌며 자유롭게 기어다니기를 바라겠소?"

뜻밖의 질문에 두 관원은 어리둥절했다. 그리고는 이내 의아하다는 듯이 대답했다.

"물론 진흙탕에 꼬리를 끌며 살기를 바랄 테지만……?"

"당장 돌아가시오. 나는 진흙탕 속에서 꼬리를 끌며 살겠소. 박제된 거북이의 껍질처럼 세상에 헛된 명예를 남기고 싶진 않소."

《장자》

박제된 거북에게 생명은 존재하지 않는다. 만일 그대가 진정 자유를 원한다면, 그리고 그대가 스스로 깨우쳐 생명을 얻길 바란다면, 또한 부귀와 영화가 그대의 자유를 내놓으라면 그대의 빈천을 기꺼이 받아들이라.

큰 그릇은 더디게 만들어진다

기성자는 임금의 명령으로 싸움닭을 조련시키고 있었다. 열흘쯤 지나자 임금이 그에게 물었다.

"그만하면 싸움을 붙여볼 만하겠는가?"

"아직 멀었습니다. 한창 사나운 때라 기운만 믿고 한껏 허세만 부립니다."

열흘 후, 임금은 다시 물었다.

"지금은 어떤가?"

"아직은 안됩니다. 공연히 다른 닭이 울거나 그림자만 봐도 다짜고짜 달려들곤 합니다."

열흘 후에 임금은 또 가서 물었다.

"이젠 됐는가?"

"아직도 안됩니다. 큰 놈을 보면 시기하고, 제 기운을 주체하지 못합니다."

다시 열흘이 지난 다음, 임금이 또 물었다.

"이제 그만큼 훈련시켰으면 될 테지?"

"아직 완전하지는 못하지만 그런 대로 된 듯 싶습니다. 맞서서 우는 놈이 있더라도 태연하고 목석처럼 흔들림이 없습니다. 마치 나무로 조각한 닭 같다고나 할까요. 자연스러운 덕을 넉넉하게 갖추었습니다. 때문에 다른 닭들이 감히 덤벼들지 못하고 보기만 해도 달아나버립니다."

《열자》

큰 그릇은 더디게 만들어진다. 그릇을 굽는 불은 모든 것을 태워버린다. 고열과 화기 속에 오랜 시간 동안 구워져 나온 그릇에서는 인간들을 휘감고 허위에 부풀린 교만, 그림자 같은 허영심 따위를 발견할 수 없다. 소박한 질감과 은은한 윤기, 그야말로 도야되어 나온 큰 그릇의 품성을 간직하고 있을 뿐이다.

마음의 갈등없이 사는 것이 지혜로운 삶이다

　발이 하나뿐인 기'는 발이 많은 지네를 부러워했다. 지네는 발 없이도 가는 뱀을 부러워했고, 뱀은 또 재빨리 불어가는 바람을 부러워했다. 바람은 가만히 있어도 볼 수 있는 눈을 부러워했고, 눈은 또 보지 않아도 모든 것을 알 수 있는 마음을 부러워했다.

　기가 지네에게 말했다.

　"나는 한 발로 껑충껑충 뛰어서 다닌단다. 하지만 너는 그 발을 어떻게 움직여서 가는거니?"

　지네가 대답했다.

　"글세……? 나도 잘 모르겠네. 너 사람들이 내뱉은 침을 보았니? 침을 뱉으면 큰 것은 구슬처럼 떨어지고 작은 것은 안개처럼 흩어지지. 그렇다고 침 뱉는 사람이 일부러 그렇게 만드는 것은 아니야. 나도 자연적으로 주어진 대로 움직이는 것일 뿐이야. 어떻게 내가 움직이는지는 나도 몰라."

이번에는 지네가 뱀에게 말했다.

"나는 발이 많은데도 도무지 너를 쫓아갈 수가 없어. 왜 그렇지?"

"나는 본래 이렇게 타고났어. 그저 타고난 대로 움직이는 것뿐이야. 낸들 그 이유를 어떻게 알겠어!"

뱀이 바람에게 물었다.

"나는 배의 비늘이나 갈비뼈를 움직여서 가거든. 그런데 너는 그런것도 없이 저 북쪽 바다에서 남쪽 바다까지 횡하니 달려가지 않니? 어째서 그런거지?"

"물론 그렇긴 해. 하지만 사람이 손가락 하나로만 막아도 난 못 가. 그렇지만 큰 나무를 꺾어 넘어뜨리고 지붕을 날려버리는 것은 나만할 수 있어. 이처럼 작은 것에겐 난 항상 지지만 큰 것에는 이긴단다. 큰 것을 이기는 것은 위대한 자만이 할 수 있는거야."

《장자》

타고난 소질이라든가, 능력이라는 것은 세상 만물 모든 것에 부여되어 있다. 자신이 타고난 재질을 있는 그대로 발휘하는 것, 그것이 바로 자기의 개성을 계발하는 길이며 마음의 갈등 없이 편안하게 살아가는 경지에 들어갈 수 있는 길이다.
'기 : 중국 전설상의 동물 이름. 발이 하나 달렸다고 함

소 잡는 데도 도가 있다

포정은 백정이다.

어느 날 그는 문혜군을 위해 소를 잡게 되었다. 손놀림이나 어깨로 받치는 것, 발로 딛는 것, 무릎을 굽히는 것, 쓱—쓱—칼질하는 품새 따위가 어느 것 하나 음률에 맞지 않는 것이 없었다.

그의 소 잡는 솜씨를 보고 감탄한 문혜군이 이렇게 말했다.

"멋지군! 어쩜 재주가 그리도 훌륭한가?"

포정은 칼을 내려놓고는 대답했다.

"제가 좋아하는 것은 자연의 이치입니다. 그것은 기술에 앞서는 것이지요. 처음 제가 소를 잡을 때는 온통 소만 눈에 보였습니다. 그러나 3년이 지나서는 소는 보이지 않고, 지금은 영감으로 대할 뿐 눈으로는 보지 않습니다.

그래서 소 몸뚱어리 조직의 자연적인 이치를 따라서 뼈와 살이 붙어 있는 틈을 젖히고 뼈마디에 있는 큰 구멍에 칼을 집어 넣고 하는 모든 것이 자연의 이치를 따르는 것일 뿐이지요. 그래서 뼈와 살이 만나는 곳에서 칼이 걸린 적은 한 번도 없었지요.

훌륭한 백정은 1년에 한 번 칼을 바꾸는데 그건 살을 베

생각을 크게 하면 넓은 세상이 보인다

기 때문이며, 보통 백정은 한 달에 한 번 칼을 바꿉니다. 그건 뼈에 칼이 부딪혀 칼이 부러지기 때문이지요. 그러나 시금 저는 19년 동안이나 같은 칼로 수천 마리의 소를 잡았지만 제가 사용하는 칼날은 마치 지금 막 숫돌에다 새로 간 것 같습니다.

뼈에는 틈이 있고 칼날은 얇디 얇습니다. 얇디 얇은 것을 틈새에 집어 넣으므로 넓고 넓어 칼날을 휘두를 여유가 있는 것이지요. 그래서 19년이나 되었지만 지금도 막 숫돌에다 갈아낸 것 같은 것이랍니다. 그러나 막상 뼈와 힘줄이 한데 얽힌 곳을 만나게 되면 저도 그것은다루기 어렵다는 것을 알기 때문에 조심조심 세세하게 살피고 찬찬히 손을 놀리지요. 그러다가 '찍—' 하고 갈라지면 마치 흙덩이가 땅에 떨어지듯 고기가 와르르 헤집니다. 그제서야 칼을 들고 일어서서 사방을 한 번 둘러보고 만족해 하면서 천천히 칼을 잘 닦아 집어 넣습니다."

《장자》

도는 백정의 칼에도 존재하는 것이라는 고전적 해석.
사족 한마디 – 그대가 어떤 경지에 이르려거든 흉내내거나 정복하려는 생각은 하지 마라. 그 경지는 '억지로' 단시일 내'로 이루어지는 것은 아니다. 그러므로 바람이 불면 우선 흔들리는 법부터 배워라. 자연의 이치에 따르라는 말이다.

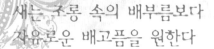

공문헌이 우사에게 물었다.

"아니 이 사람아! 어쩌다 외발이가 되었어? 하늘이 그렇
게 만든 건가? 아니면 사람이 그렇게 만든 건가?"

우사는 이렇게 대답했다.

"하늘이 그렇게 만든 것이지요. 어디 사람이 그렇게 만
들었던가요? 하늘이 나를 낳을 때 외발로 만든 거예요. 사
람의 모양은 하늘이 부여한 것이 아니던가요? 하늘이 이렇
게 만든 것이지 사람이 만든 것은 아니라고 생각해요."

"그거야 그럴 테지."

공문헌이 고개를 끄덕이며 수긍하는 몸짓을 보였다. 그
러자 우사가 덧붙였다.

"수풀에 사는 꿩을 보세요. 그놈은 열 걸음쯤 가다가 한
번 모이를 쪼아먹고, 또 백 걸음쯤 가다가 물 한 모금 마시

고는 하지요. 그렇지만 새장에 갇힌 채로 편하게 먹으면서 길러지기를 원하지 않거든요. 기운은 왕성해질지 모르지만 마음이 즐겁지 않기 때문에 그런거죠."

《장자》

새는 조롱 속에 갇히는 것을 원하지 않는다. 육신이 고달플지라도 새들은 산과 들을 헤매며 먹이를 찾는다. 새들은 창공을 날며 지저귀는 자유를 갖고 태어났으므로.

자공이 초나라를 유람하다가 진나라로 돌아갈 때, 한수의 남쪽을 지나게 되었다.

그때 자공은 한 노인을 만났다. 그 노인은 막 밭이랑을 일구려고 샘을 파서 물동이를 안고 물을 퍼다 밭에 붓고 있었다. 무진 애를 쓰며 힘을 들였지만 성과는 고작해야 얼마되지 않았다. 그래서 자공이 물었다.

"하루 만에 백 이랑에 물을 댈 수 있는 기계가 있답니다. 그걸 사용하면 힘은 적게 들고 효과는 크지요. 그걸 한 번 사용해보시지 그래요?"

밭이랑을 일구던 노인은 자공을 쳐다보고 말했다.

"어떻게 하는건데?"

"나무를 파서 만드는데 마치 물을 끌어당기는 것이 물이 앞으로 흐르듯해요. 빠르기도 빠르구요. 용두레라고 하지요."

노인은 버럭 성을 내더니 이내 웃으며 말했다.

"내 우리 선생님께 이런 말을 들었다네. 기계란 건 말이야 있으면 반드시 꾀를 부릴 여지가 생기고, 그런 여지가 생기면 꾀를 부리는 마음이 생기게 된다네. 또 꾀를 내는 마음이 생기게 되면 가슴속에 순수한 마음이 갖추어지지 않게 되고, 순수한 마음이 갖추어지지 않게 되면 타고난 천성이 안정되지 않는다네. 타고난 천성이 안정되지 않으면 도가 깃들지 않는다고 말일세. 내가 그런 기계를 모르는 게 아니야. 부끄러워 사용하지 않는 것일 뿐이지. 알겠나? 젊은이."

《장자》

인위란 자연에 덧칠을 하는 것. 덧칠을 유지하기 위해선 또다시 덧칠을 해야만 되는 것이다.

당신은 점점 기계의 노예가 된다. 기계는 사람들을 노동에서 해방 시킨다지만 기계를 사용하기 위해선 그것을 작동하기 위해 또 하나의 기계가 필요한 것이므로 결국 기계는 인간의 안일함을 자꾸만자꾸만 유혹해 당신을 노예로 만들고 있는 셈이다.

물길 가는 대로 그대의 몸을 맡겨라

공자가 여량이라는 곳으로 놀러갔다. 거기에는 30길이나 되는 폭포가 있었는데, 흐르는 물결이 40리나 되었으며 물고기와 자라 따위도 헤엄치며 노닐 수가 없는 급류였다. 그런데 그런 곳에서 어떤 한 사내가 헤엄을 치고 있었다. 그것을 본 공자는 문득 이런 생각이 들었다.

'아! 저 친구가 아무래도 뭔가 말 못할 고민이 있어서 자살하려는 게야.'

그래서 공자는 얼른 제자들에게 물줄기를 따라 내려가 그를 구하게 했다. 물굽이를 따라 수백 걸음을 좇아 내려가 보니 그 사내는 물속에서 나와 머리를 풀어헤치고 물가에서 노래를 부르며 놀고 있는 것이 아닌가! 뒤따라 내려간 공자는 그에게 다가가 물었다.

"애초에 나는 당신이 귀신인줄 알았네. 그런데 자세히 보니 사람이더군. 헤엄치는데 무슨 비법이라도 있는겐가?"

그 사내는 이렇게 대답했다.

"비법이라뇨? 원 별말씀을……. 별다른 비법은 없습니다요. 저는 다만 태어나서부터 시작했고, 제 선천적인 기질을 타고 성장했으며, 천명에서 안성되었을 뿐이지요. 저는 헤엄을 칠 때, 소용돌이로 들어갔다가 여울을 따라 나오며 물길을 따를 뿐 일체의 저의 사사로운 힘을 쓰지는 않아요. 글세…… 이것이 제가 헤엄치는 방법이라고나 할까요?"

이에 공자는 다시 물었다.

"태어나서부터 시작했고, 선천적인 기질을 타고 성장했으며, 천명에서 완성되었다는 것은 무슨 뜻인가?"

"저는 언덕지대에서 태어나 언덕지대에서 편안히 살았으니 그것이 태어나서부터이고, 물속에서 자라면서 물속에서 편안했으니 이것이 천성이며, 나 자신도 그렇게 헤엄을 잘 치는 줄을 모르면서 그렇게 헤엄을 치니 이것이 천명인 셈이지요."

《장자》

그대, 처음 수영을 배울 때 기억이 나지 않는가. 가라앉는 몸을 자맥질로 뜨게 할수록 더욱더 가라앉았던 일이.
그대, 세상의 강물도 똑같으리. 강을 건너고 싶거든 먼저 물길 가는대로 그대의 몸을 맡겨라.

자신의 운명을 담담히 받아 들여라

지리소는 참으로 괴상한 몰골을 한 사내였다.

턱은 배꼽에 박혔고, 어깨는 정수리보다도 높은가 하면, 상투는 삐죽하게 하늘을 가리키고, 오장육부는 머리 위에 있으며, 두 다리는 마치 갈비뼈에 직접 붙어 있는 것 같았다.

그러나 그는 삯바느질이나 남의 옷빨래로 호구지책을 삼기에 부족함이 없었고, 키를 들어 곡식을 까불기라도 하면 남은 식구를 먹여 살리기에 아무런 걱정이 없었다.

나라에서 군사를 징발할 때면 그는 언제나 팔을 휘저으며 사방을 자유롭게 나다닐 수 있었고, 나라에 큰 부역이 있을 때에도 병신이라하여 언제나 면제되었다.

또한 나라에서 병자들에게 구호품을 나누어 줄 때에는 그는 세 종류의 양식쌀은 물론 열 단의 나무까지 배급받았다.

이렇게 그는 병신이면서도 오히려 무사히 자기 자신을 보신하여 하늘이 준 수명을 누릴 수가 있었다.

《장자》

자신의 운명을 담담히 받아들이는 정신적 자유인.
아름답고 건강한 육체를 가진 그대들이여! 그러면 됐지 뭐가 그리 불만이 많은가?

생각을 크게 하면 넓은 세상이 보인다

자기를 낮추는 자만이 재난을 면한다

동쪽 바다에 제비 한 마리가 있었다.

그 새는 동작이 느릿느릿할 뿐 아니라 제대로 날지도 못했기 때문에 늘상 다른 새들에게는 무능한 새로 여겨졌다.

하지만 이 제비는 허공을 날 때면 늘 무리들과 어울려 날았고, 잠을 잘 때는 무엇엔가 주눅이라도 든 양 한쪽 구석에 몰려서 잤다. 또, 다른 새들과 함께 앞으로 나아갈 때는 선두에 나서지 않고, 물러설 때에는 맨 뒤에 서지 않았으며, 먹이를 먹을 때는 남보다 먼저 먹지 않고 반드시 남이 먹고 남은 나머지를 먹었다.

그래서 이 제비는 끝까지 제비의 행렬 속에서 배척당하지 않았고 사람들에게 해를 입지도 않았다.

《장자》

자기의 지식을 자랑하여 어리석은 사람들을 놀라게 하고 남의 잘못을 들추어 내며, 환하게 해와 달을 내걸고 가듯이 자신을 나타내려고 한다면 재난을 면할 수 없다. 스스로 공로를 자랑하는 자는 공로를 잃고, 공을 이루고 몸이 물러가지 않는 자는 실패하며, 명예를 이룬자가 그 명예에 그대로 머물러 있으면 창피를 당하리라.

숙은 남쪽 바다의 임금이고, 홀은 북쪽 바다의 임금이었다.

숙은 늘 덤벙대기 일쑤였는가 하면, 홀은 성미가 급했고 걸핏하면 화를 내는 다혈질이었다. 그들은 늘 중앙의 바다에 살고 있는 혼돈이라는 임금을 한번 만나보는 것이 소원이었다.

어느 날, 숙과 홀은 혼돈을 찾아갔다. 혼돈은 자기를 찾아온 숙과 홀을 환대하면서 융숭하게 대접했다. 뜻밖의 대접에 숙과 홀은 감격한 나머지 무언가 그에게 보답할 것을 찾고자 머리를 맞대고 의논했다.

"그래! 혼돈은 우리처럼 먹고 듣고 볼 수 있는 구멍이 없어. 그러니 우리가 그 구멍을 만들어주는 게 어떨까?"

홀의 제안에 숙은 손뼉을 치며 좋아했다.

"좋은 생각일세. 역시 자네 머리는 기가 막히게 돌아간단 말이야!"

숙과 홀은 망치며 끌이며 등등 여러 가지 연장을 구해다가 그날부터 혼돈의 얼굴에 하루에 한 개씩 구멍을 뚫기 시작했다. 그리하여 세상의 아름다운 빛깔을 볼 수 있는 눈을 만들고, 향기로운 냄새를 맡을 수 있는 콧구멍을 만들고, 귀구멍을 뚫고⋯⋯.

마지막으로 입을 뚫던 이레째 되던 날, 혼돈은 그만 고목처럼 쓰러지더니 눈을 감고 말았다.

《장자》

꽃이 아름답다고 해서 그대 꽃병에 꽂아 두는가. 꽃을 보면 아름다움 외에 아무것도 생각하지 마라. 그 무엇도 만들려고 하지 말고 오직 있는 그대로를 보기만 하라. 아름다움은 생명을 떠나서는 존재할 수 없는 것이다.

위대한 사람의 사고는 세속의 틀을 넘는다

혜시가 장주에게 말했다.

"누가 내게 박씨를 하나 주더군. 그걸 심었더니 엄청나게 큰 박이 열렸지 뭐야. 한데 그놈이 너무 커서 도무지 쓸모가 없단 말이야."

"아니 왜 쓸모가 없단 말인가?"

장주가 되물었다.

"물을 담으면 너무 무거워서 들 수가 있나, 그렇다고 쪼개서 바가지를 만들자니 너무 편평해서 물이 담기지도 않을 성싶고……. 아무튼 쓸모가 없어서 깨버렸다네."

장주는 혜시의 말을 듣고 나서 이렇게 말했다.

"바보 같은 친구, 자넨 큰 것을 사용하는 데 영 서툴구먼. 내가 이야기 한 토막을 들려주지."

장주는 다음과 같은 이야기를 들려주었다.

송나라에 손 트는데 직효약을 만든 사람이 있었다.

그 사람은 대대로 세탁소를 운영해서 생활을 꾸려 나갔

144

생각을 크게 하면 넓은 세상이 보인다

다. 온 가족이 매 달려 밤낮없이 열심히 일했지만, 세탁일이라는 것이 원체 힘만 들 뿐 옹색한 살림살이를 건사키도 수월치 않았다.

어느 날 한 사내가 소문을 듣고 찾아와 은근히 부추겼다.

"약을 만드는 비법을 알고 싶소. 황금 백 냥을 사례하겠소. 나는 비법을 배우고, 당신은 황금 백냥을 간단히 손에 넣을 수 있다면, 그야말로 누이 좋고 매부 좋은 것 아니겠소?"

'황금 백 냥!'

이 얼마나 엄청난 거금인가? 세탁업자는 눈이 휘둥그래지고 가슴이 요동 쳐 올랐다.

'그 돈으로 일꾼 아이 두엇쯤 사서 부리면 밤낮없이 찬물에 손 담그는 지긋지긋한 이놈의 노릇도 좀 나을 테지. 그래, 어차피 난 이미 비법을 알 고 있으니 알려준들 손해 날 건 없지.'

이렇게 생각한 세탁업자는 마침내 자신이 알고 있는 비방을 팔아버렸다.

당시 오나라는 이웃 월나라와 전쟁이 한창이었다. 양쪽 군사들은 격렬 한 수전(水戰)을 벌이고 있었고, 때는 마침 한겨울이었다. 오나라 임금은 그의 비법이 큰 도움이 되겠다고 생각하고는 그를 장군으로 삼았다. 그가 만든 약은 병사들에게 직효를 보였다. 오나라 군사는 큰 승리를 거두고 위풍당당하게 개선했으며 임금은 그에게 나라의 땅 일부를 상으로 내렸다.

장주는 잠시 숨을 돌리고는 이내 이렇게 덧붙였다.

"손 트는 것을 방지하는 약은 똑같은 것이네. 하지만 그 결과는 어떤가? 한 사람은 그것으로 큰 땅을 얻었고, 다른 한 사람은 자기 생활을 벗어나지 못했다네. 쓰는 방법이 달랐기 때문이지. 자네는 어째서 그 큰 박을 제대로 활용할 줄을 모르나?"

혜시는 묵묵히 말이 없었다. 장주는 그런 혜시를 물끄러미 바라보며 한마디 덧붙였다.

"나라면 말이야. 그걸로 큰 배를 만들걸세. 저 도도하게 흐르는 강물에 띄어놓고, 유유히 자유의 천지에서 노닐걸세. 자네의 생각은 어딘가 꽉 막히고 답답한 구석이 있군 그래."

《장자》

기성의 가치세계는 제한된 시각을 강요한다. 살아 있는 순간순간마다 우리는 알게 모르게 그런 가치체계에 갇혀서 살고 있다. 그건 사고의 죽음과 같다. 다만 그걸 깨닫지 못하고 있을 뿐이다. 고정된 관념으로 세상을 바라보는 우리의 눈에 존재물의 자유로운 가치, 참된 유용성이 보여질까?

진실로 위대한 사람은 세속의 모든 구속으로부터 벗어나 비상하고, 참으로 유용한 것은 세속의 유용함을 초월한다.

생각을 크게 하면 넓은 세상이 보인다

고기를 낚는 것은 낚싯대가 아니라 마음이다

섬하는 낚시에 무척 뛰어났다. 그는 누에고치에서 실을 뽑아 낚싯줄을 만들고 실낱같이 가느다란 바늘을 구부려 낚싯바늘을 만들었다. 또 새끼손가락보다 가느다란 싸리나무 가지로 만든 낚싯대에 좁쌀만하게 으깬 밥풀을 미끼로 수없이 월척을 낚아 올렸다. 초나라 임금이 그 소문을 듣고는 그를 궁중으로 불러들였다.

"그대는 낚시 솜씨가 대단하다구? 그 비결이 무엇인가?"

초나라 임금이 묻자, 섬하는 이렇게 대답했다.

"저는 낚시를 할 때 다른 잡념을 모두 버립니다. 낚싯줄을 물에 던진 다음에는 제 손의 힘은 낚싯대에서 낚싯바늘에까지 고르게 미칩니다. 제가 사용하는 미끼는 아주 작기 때문에 물고기들이 보기에 무슨 티끌이나 물거품쯤으로 여길 겁니다. 때문에 쉽게 삼키는 것이지요."

《열자》

낚싯법은 참으로 역설적인 것이다. 미세한 것으로 큰 것을 낚아 올리고, 고요히 머물러 있는 것으로 살아 퍼덕이는 것을 농락할 수 있으니 말이다.

자연의 법칙을 따르는 곳에 도가 보인다

공구가 초나라로 가는 중이었다. 어느 숲을 지나가는데 숲 속에서 한 곱사등이가 장대를 들고 나무 위의 매미를 잡고 있었다. 그는 마치 땅바닥에 떨어진 물건 줍듯이 하였다. 기가 막힌 솜씨였다.

너무도 신기해 공구가 물었다.

"여보게. 귀신 같구려! 특별한 비법이 있소?"

곱사등이는 이렇게 대답했다.

"방법이 있지요. 매미가 많이 나오는 오뉴월에, 두 개의 둥그런 흙덩이를 장대 끝에 포개어 놓고 떨어뜨리지 않는 연습을 하면 매미를 잡는데 실수가 적습니다. 세 개쯤 포개 놓고 떨어뜨리지 않게 되면 열에 아홉은 대개 잡을 수 있게 되지요. 또, 다섯 개를 포개서 놓고 떨어뜨리지 않게 되면 손으로 물건을 줍듯이 쉽게 잡을 수 있는 겁니다."

공구는 고개를 끄덕였다.

"그렇게 되면 내 몸이 나무의 그루터기 같아지고 팔놀림은 나뭇가지처럼 되어버려 무심한 상태가 되는 것이지요. 그러면 천지가 아무리 넓다 해도 보이는 것은 오직 매미의 날개뿐입니다. 매미만이 내 마음속을 가득 채우고, 내 마음은 조금도 흔들리지 않지요. 때문에 만물을 가지고도 내 마음을 매미에게서 떠나게 할 수 없는 것입니다."

《장자》

지식을 가지고 세상의 이치를 안다는 것은 참으로 어리석은 일이다. 지식을 넘어선 경지에 있는 자연의 법칙들을 인간의 지식으로 붙잡을 수 있겠는가?

지식이란 옛사람의 찌꺼기일 뿐이다

제나라 환공이 대청 위에서 책을 읽고 있었다. 이때 윤편이라는 사람이 대청 아래에서 수레바퀴를 깎고 있었는데 그는 망치와 끌을 내려놓고서 환공에게 물었다.

"임금께서는 지금 무엇을 읽고 계신지요?"

"성인의 말씀이니라."

"그 성인이 지금 살아 계십니까?"

"이미 돌아가셨다."

"그렇다면 임금께서 읽으시는 것은 옛 사람의 찌꺼기입니다."

환공은 버럭 성을 내며 벽력같이 소리쳤다.

"이런 고얀 놈! 내가 책을 읽는데 수레바퀴나 깎는 네놈이 뭘 안다고 참견이냐? 네가 그럴 듯한 이유를 댄다면 몰라도 그렇지 못할 때는 죽은 목숨이 되고 말리라!"

환공의 어조는 단호했다. 이에 윤편이 대답했다.

"제 경험에 미추어 말씀드리지요. 수레바퀴를 깎을 때

느슨하게 깎으면 헐렁해서 꼭 끼지가 않고 반면 여유가 없게 깎으면 빡빡해서 들어가지 않지요. 느슨하지도 여유가 없지도 않게 깎는나는 깃은 손에 숙달된 것이기 때문에 마음으로 느낄 수 있긴 하지만 말로는 표현할 수가 없답니다.

거기에는 숙달된 기술이 있긴 하지만 제가 그것을 제 자식에게 가르칠 수가 없고 제 자식도 그것을 제게서 배워 갈 수가 없어서 보시다시피 제 나이 70이 넘도록 이렇게 수레바퀴를 깎고 있습니다. 옛날 성인도 마찬가지로 깨달은 바를 전하지 못하고 죽었을 겁니다. 그러니 임금께서 읽으시는 것도 옛 사람의 찌꺼기일밖에요."

《장자》

'글은 하고 싶은 말을 그대로 모두 실어낼 수 없고, 말은 마음에 담긴 뜻을 모두 표현해낼 수 없다' 는 말이 있다.

환공이 보는 것은 모양과 빛, 그리고 소리와 이름일 뿐이다. 인식보다는 체험, 이론보다는 실제, 그것이 중요한 것 아닌가.

우물안 개구리는 바다 넓은 줄 모른다

어느 날 개구리가 동해에 사는 자라에게 한껏 뽐내며 말했다.

"나는 즐겁다. 나는 우물의 난간 위까지 뛰어오르기도 하고 우물 안으로 들어가서 깨진 벽돌 가에서 쉬기도 한단다. 어디 그뿐인 줄 아니?! 물속에서는 수면에 떠서 턱을 물 위로 내밀기도 하고, 진흙을 차면 발등까지 흙에 파묻힌단 말이야. 흥! 장구벌레나 올챙이 따위가 나를 따라올 수가 없지. 게다가 우물물을 몽땅 독차지해서 내 멋대로 노는 즐거움이란 정말 비할 데가 없어. 구경 한 번 안 올래?"

그래서 동해의 자라는 어느 날 개구리의 우물을 구경하러 갔다. 자라가 그 우물로 들어가려 하는데 왼쪽 다리가 채 들어가기도 전에 오른쪽 무릎이 걸려버렸다. 그래서 엉금엉금 다시 기어 나온 자라는 개구리에게 이렇게 말했다.

생각을 크게 하면 넓은 세상이 보인다

"천리라는 먼 거리로도 바다의 넓이를 형용할 수 없고, 천길이란 높이로도 바다의 깊이를 다 나타낼 수 없다네. 옛날 우임금 때는 10년 동안에 아홉 번이나 홍수가 났지만 그렇다고 바닷물의 양이 조금도 더 늘어나지 않았고, 탕임금 때에는 8년 동안 일곱 번이나 큰 가뭄이 들었지만 그렇다고 물의 양이 조금도 줄어들진 않았어. 시간의 장단에 따라 변화하지 않고 물의 다소에 따라 증가하지 않는 것, 이것이 동해의 즐거움이지."

우물 안 개구리는 그 소리를 듣고 깜짝 놀라 정신을 잃고 말았다.

《장자》

망망대해에 떠서 흐르는 조각배도 작은 강물에 띄어진 철갑선을 비웃으리.

쓸데없는 일에 매달리지 말라

그림자를 무서워하고 발자국을 싫어하는 사람이 있었다. 그는 늘 어떻게 하면 그림자를 피하고 발자국을 없앨 수 있을까를 궁리했다. 문득 한 생각이 뇌리를 스치자 그는 무릎을 치며 소리쳤다.

"옳거니!"

그는 그림자를 떼버리고 발자국을 남기지 않으려고 줄달음쳤다. 그런데 이게 웬일인가? 그의 생각은 빗나가고 말았다. 달리면 달릴수록 발자국은 많아졌고, 그림자는 몸에서 떨어질 줄 몰랐다. 그는 자기가 달리는 것이 느려서 그림자와 발자국이 자꾸만 뒤따라 오는 것이라고 생각했다. 그는 전보다 더 빨리, 죽어라고 뛰었다. 마침내 그는 힘이 다하여 다리가 풀리면서 땅에 엎어져 죽고 말았다.

《장자》

쓸데없이 만들어낸 인위적인 의문이나 생각들이 되풀이된다면 그대는 마침내 지쳐 쓰러지고 말 것이다.

그늘 밑에 들어가면 그림자는 없어지고, 가만히 있으면 발자국은 생기지 않는 것 아닌가

진정한 예술가란 형식을 깨는 것이다

송나라 원군이 그림을 그리게 하였더니 많은 화가들이 몰려들었다.

그들은 그림을 그리라는 명령이 떨어지자 붓을 빤다, 먹을 간다 하면서 난리 법석을 피웠다. 하지만 경쟁자가 워낙 많아 그들 중 반수는 실의에 차 있었다.

그런데 한 화가가 유유히 늦게 와서는 명을 받더니 그대로 방으로 들어가버렸다. 그의 행동이 이상하게 느껴진 원군은 사람을 시켜 그의 행동을 엿보게 하였다. 그는 옷을 모조리 벗어 던진 알몸으로 두 다리를 쭉 뻗고 있었다.

원군은 그런 사실을 전해 듣더니 이렇게 말했다.

"옳아! 이 사람이야말로 참된 화가로구나."

《장자》

창조적 정신은 형식적인 구속에 매이지 않는다. 그리고 참된 개성적 예술은 어떤 규칙에 구애받지 않는 적나라한 인간의 표현을 본질로 한다. 그러므로 상식에 반대되고, 얽매이지 않고, 구속되지 않는 정신, 그것만이 예술가의 생명이다.

도인(道人)은
어떤 상황에서도 흔들리지 않는다

열자가 백혼무인에게 활 쏘는 기술을 선보였다.

열자는 화살촉 끝까지 활이 휘도록 당긴 다음, 왼팔 위에 물을 가득 담은 컵을 올려놓고 그 물이 엎질러지지 않도록 활을 쏘았다.

그리고 화살 하나가 시위를 벗어났는가 하면 잇달아 다른 화살이 활시위 위에 얹어지고, 또 그 화살이 떠나면 또다른 화살이 시위에 놓여질 정도로 신속했다. 그러는 사이에는 몸을 전혀 움직이지 않는 것처럼 보였기 때문에 마치나무를 깎아 만든 인형과 같았다.

이를 지켜 본 백혼무인이 말했다.

"자네가 지금 활을 쏘는 것은 유심(有心)의 궁술이지 무심(無心)의 궁술은 아닐세. 높은 산에 올라가 금방이라도 굴러 떨어질 것 같은 위태로운 돌을 딛고 백 길 깊은 연못가에 가서 서 보게. 그래도 자네가 활을 쏠 수 있을는지?"

말을 마친 백혼무인은 높은 산으로 올라가 위태위태한 돌 위에 몸을 실은 채 백 길이나 되는 연못가에 섰다. 그는 연못을 등지고 뒷걸음질 쳐서 발꿈치의 3분의 2정도가 벼

랑 밖으로 나가 있을 때, 열자를 불러 올라오게 하였다. 열자는 땅에 엎드린 채 사시나무 떨 듯 몸을 떨었다. 두려움에 흘러내린 식은땀이 어느샌가 발꿈치까지 흘러내리고 있었다.

이때 백혼무인이 말했다.

"대체로 지극한 도를 지닌 사람은 위로 하늘을 보고, 아래로는 황천에 잠기면서 천지와 팔방을 자유롭게 노닐어도 정신과 기운이 조금도 흐트러지지 않는 법이라네. 그런데 지금 자네는 두려움에 눈마저 어두워진 지경이 아닌가? 그러니 자네는 활을 쏘아 과녁에 맞힐 수 없을 것일세."

《장자》

도인(道人)의 솜씨는 속인(俗人)의 잔재주와 비교할 바가 아니다. 어떠한 위험한 형세에도 꿈쩍하지 않는 신기, 이런 경지는 타성이나 목적의식으로부터 벗어나 어느 것에도 구속받지 않는 무욕무심의 극치에서만 이루어진다.

무(無)를 초월한 절대적 무의 경지

광요[1]가 무유[2]에게 물었다.

"자네는 있는 것인가? 없는 것인가?"

무유는 아무런 대답이 없었다. 그래서 광요는 무유의 모양을 자세히 들여다보았다. 아득하고 텅 비어 있었다. 온종일 살펴보았지만 보이지 않고 들어보아도 들리지 않으며 만져보아도 만져지지 않았다.

그래서 광요는 이렇게 말했다.

"지극하다. 누가 이런 경지에 이르렀는가? 나는 지금까지 무(無)의 경지가 있는 줄을 알았지만 무라는 것조차 없는 절대적인 무의 경지가 있는 줄은 몰랐다. 모든 유(有)를 무(無)로 여기는 절대의 경지는 오묘한 덕을 지닌 사람만이 도달하는 것이리라. 내가 어떻게 이러한 오묘한 경지에 이를 수가 있겠는가!"

《장자》

그대가 하나를 모른다는 것은 둘을 모른다는 말이다. 하나를 모르는데 어찌 둘을 알 수 있겠는가.

아니 이런 말도 성립할 수가 없다. 하나를 모른다는 말은 아예 모른다는 말인데 그러면 그대는 모른다는 정체도 모른다는 뜻이 아닌가.

무의 개념마저도 초월한 절대적 무의 경지, 이것을 어찌 그대가 알겠는가.

[1]광요 : 광선을 비유한 가공적인 인물.
[2]무유 : 공간을 비유한 가공적인 인물.

제4장

생각을 크게 하면 넓은 세상이 보인다

세상 파도타기

진나라에는 도둑이 너무 들끓어 임금이 골머리를 앓고 있었다.

이때 임금은 극옹이라는 관상쟁이가 얼굴만 보고서도 도둑인지 아닌지를, 그것도 백발백중으로 알아맞춘다는 소문을 들었다.

임금은 즉시 그를 궁중으로 불러들여 시험해보니 과연 한치의 오차도 없었다. 진나라 임금은 무척 기뻐하며 이 사실을 조문자에게 말했다.

"귀신같이 도둑을 가려내는 자를 찾았소. 그 사람만 있으면 이제 도둑이란 도둑은 씨가 마를게요."

그러자 조문자가 대답했다.

"임금께서는 관상을 보아 도둑을 가려내는 한 사람만으로 충분하다고 생각하시지만 그렇게는 안됩니다. 극옹은 분명 제명에 죽지 못할 겁니다."

얼마 지나지 않아 도둑들이 모여서 회의를 했다.

"우리가 이 지경으로 곤경에 빠지게 된 것은 모두 극옹
이란 놈 때문이다. 그러니 그놈만 처치해버리면 된다."

도둑들은 이렇게 결의하고 몰래 극옹의 숙소로 들어가
극옹을 죽여버렸다.

《열자》

그대의 능력이 그대를 더 나은 사람으로 만들 수 있지만 그 능
력 때문에 더 불행이 닥쳐올 수 있음을 기억해둬라.

열자는 살림이 무척 궁색했다.

어느 날 열자의 집을 찾아왔던 어떤 사람이 열자의 얼굴에 주린 기색이 역력한 것을 보고는 정나라의 재상 자양에게 말했다.

"열자라는 사람은 아주 도가 높은 선비요. 그런데 그런 사람이 당신네 나라에서 저토록 가난에 찌들려 살고 있소. 이는 당신네 나라에서는 선비를 존중하지 않는다는 증거인 셈이오."

자양은 이 말을 듣고 즉시 사람을 시켜 열자에게 좁쌀 몇 섬을 보냈다. 열자는 그 사신을 만나보고는 고맙다고 몇 번씩 절만 할 뿐, 끝내 그 좁쌀을 받지 않았다.

이때, 열자의 아내는 누더기를 걸친 초라한 몰골을 감추려고 얼른 방 안으로 들어가 몸을 숨긴 채 바깥 동정을 엿보고 있었다. 열자의 아내는 남편의 하는 짓을 내다보고

있노라니 벌컥 울화가 치밀었다. 손톱을 치켜세우고 뛰오
나온 열자의 아내는 다짜고짜 열자에게 대들었다.

"도가 있는 사람의 처자식은 편안히 잘 머고 잘 산다는
데 지금 우린 똥구멍이 찢어질 판이오. 어쩌자고 그 쌀마
저 마다하는거요? 말 좀 해봐욧!"

열자는 껄껄 한바탕 웃고 나서 아내의 등을 다독거렸다.

"임자, 임자는 아직 나를 모르는구먼. 자양이 남의 말을
믿고 내게 쌀을 보냈소. 그렇다면 남의 말만 듣고 내게 죄
를 덮어씌울 수도 있잖소."

《열자》

타인에 의해 만들어진 자리는 종국에 가서는 결국 그 자리를
빼앗기게 된다. 그렇지 않으면 꼭두각시나 될 뿐이다.

사족 하나 – 내일의 불확실한 평화를 믿고서 오늘의 일용할 양
식을 거부할 자 그 몇이나 되리.

재주보다 겸손의 미덕을 배워라

오나라 임금이 강을 건너 원숭이가 많이 살고 있는 산으로 올라갔다.

원숭이들은 그를 보고는 모두 달아나 깊은 숲 속에 숨었다. 그러나 한 원숭이만이 이리저리 뛰고 달리면서 물건을 던지는가 하면 재주를 타기도 하면서 오나라 임금에게 한껏 재주를 부렸다.

오나라 임금이 그 원숭이를 향해서 활을 쏘자 그놈은 얼른 그 화살을 받아 쥐었다.

"쥐새끼 같은 놈!"

약이 오른 오나라 임금은 이렇게 내뱉고는 곧바로 주변의 신하들에게 소리쳤다.

"비오듯 화살을 퍼부어라!"

결국 그 원숭이는 화살을 손에 쥔 채로 다른 화살에 맞아 죽었다.

생각을 크게 하면 넓은 세상이 보인다

오나라 임금은 자기 친구인 안불위를 돌아보며 말했다.

"이놈은 자기 재주를 자랑하느라 자기가 잽싸다는 것만 믿고서 내게 까불다가 죽은 것이야. 그러니 자네도 조심하게. 교만한 태도를 버리고 남에게 겸손하게 굴게나."

안불위는 돌아가 동오를 스승으로 섬기고는 교만한 태도를 버리고 높은 지위마저 사퇴했다.

3년이 지나자 온 나라 사람들이 그를 겸손하고 훌륭한 사람이라고 칭송했다.

《장자》

교만하면서도 스스로 화를 불러들이지 않을 수가 있을까.

유용함은 알아도 무용함을 모르니 슬프다

초나라 국경을 들어선 공자는 초나라 임금을 만나기 위해 길을 재촉하고있었다.

얼마쯤 갔을까, 느닷없이 어떤 사내 하나가 수레 앞을 막아섰다.

그 사내는 접여라는 미치광이로 그는 이렇게 노래하는 것이었다.

봉황새야 봉황새야
쇠한 덕을 어찌하리?
오는 세상 기다릴 수 없고
지나간 세상 따를 수 없네.
천하에 도 있으면 성인은 큰 공을 이루고
천하에 도 없으면 살아만 가는 데 급급하니
당신이 살아가는 지금 이 세상엔
형벌이나 면한다면 다행이리라.
복은 날개깃털보다도 가볍지만

거두어 가질 줄을 모르고
화는 땅보다도 무겁건만
그것을 피할 줄을 모르네.
그만두게, 그만두게,
남에게 덕을 베풀기를.
위태롭다, 위태롭다,
땅을 그어 놓고 그 속에 사는 것은.
가시나무여, 가시나무여,
나의 발은 못 찌른다.
나는 굽이굽이 돌아가니
내 발은 못 찌르리.
산의 나무는 쓸모 있어 베어지고
기름은 불이 붙어 저를 태운다.
계수나무는 먹을 수 있어서 베어지고,
옻칠은 쓸 수 있기에 긁히우도다.
사람은 쓸모 있음의 용도는 알면서도
무용(無用)의 용도는 모르는도다.

《장자》

 백성을 위한다는 명목 아래 나서지 않아도 되는데 나 아니면
안된다고, 내가 해야 된다고 말하는 사람들의 그 우악스런 통치
행위들 – 난세 치자들의 파행적 '시혜'와 '은전'.

일이란 다 때가 있는 법이다

　노나라의 시씨 집안엔 두 아들이 있었다. 형은 글읽기를 좋아했고, 아우는 병법을 좋아했다.

　형은 제나라로 가서 자기의 학술로 임금을 설득하여 왕자들의 스승이 되었고, 병법을 좋아하는 아우는 초나라로 가서 군대의 기강을 잡는 군법관이 되었다. 그들 두 형제가 받아오는 월급으로 그 집안은 풍족한 생활을 하게 되었으며 그들의 출세는 친척들도 모두 가문의 명예라고 자랑스럽게 여겼다.

　시씨 집 이웃에는 맹씨가 살고 있었다. 맹씨에게도 두 아들이 있었는데 그들 두 형제도 시씨 집 형제와 마찬가지로 학문과 병법을 각각 공부하였다. 그런데 맹씨 집안은 형편이 너무도 어려웠다. 그래서 어느 날 맹씨는 시씨에게 방법을 물었다. 시씨는 사실대로 말해주었다.

　이에 맹씨의 한 아들은 시씨가 일러 준 방법대로 자기가 공부한 인의(仁義)의 학술로 진나라 임금을 설득하였다. 그러나 결과는 기대와는 영 딴판이었다.

생각을 크게 하면 넓은 세상이 보인다

"지금 각 나라들은 군대를 강하게 하여 힘으로 상대를 제압하고, 나라를 부유하게 하는 데 힘을 쏟고 있다. 만약 그대의 말대로 인의로 나라를 다스린다면 나라가 멸망하고 말 것이다."

진나라 임금은 이렇게 호통치곤 그를 채용하지 않았다. 뿐만 아니라 그에게 쓸데없는 소리를 하고 다닌다 하여 혹독한 형벌을 내렸다.

맹씨네의 또 다른 아들은 병법을 가지고 위나라 임금을 설득했다.

"우리나라는 약소국가가 아닌가? 따라서 다른 나라의 비위를 잘 맞춰야만 살아남을 수 있어. 우리 같은 나라가 군대를 키운다면 멸망하게 될 것이 뻔한 이치지."

위나라 임금은 이렇게 말하고는 곰곰이 생각했다.

'이놈을 그대로 보낸다면 다른 나라로 가 군대를 키울 테고……. 그렇게 되면 혹 우리 나라를 칠지도 몰라. 나쁜 싹은 일찍 잘라버려야지.'

위나라 임금은 마침내 그에게 두 다리를 잘라버리는 형벌에 처하게 했다.　　　　　　　　　　　　　　《열자》

방법이란 공식처럼 되어서는 안되는 것이다. 그것은 시간에 따라, 상대에 따라 유연하게 변할 준비를 항상 갖추어야 한다. 그래야 변하고 있는 당신의 목적물을 정확히 맞출 수 있다.

우결은 북쪽 나라의 학식이 깊고 인품이 높은 선비였다.

그가 남쪽으로 조나라의 한단을 향해 길을 가던 중, 도중에 도적떼를 만나 가지고 있던 물건을 몽땅 털려버렸다. 심지어는 입고 있던 옷까지도 빼앗긴 처지였음에도 우결은 유유자적하게 걸어가는 것이었다. 도적들은 그의 그런 모습을 보고서 뒤따라가 물었다.

"어째서 당신은 빈털터리가 되었는데도 아무 일 없다는 듯이 의연하게 갈 수 있는게요?"

"우리 같은 군자는 사람이 사는 데 소용되는 재물 때문에 위험한 짓은 하질 않소이다."

"당신, 정말 대단한 사람이군!"

도적들은 한결같이 감탄을 금치 못했다. 그러나 잠시 후 그 중 한 도적이 입을 열었다.

"저자는 예사 사람이 아니야. 지금 조나라로 가는 길이라고 했으니 장차 조나라에 등용되면 분명 우리를 소탕하려고 할거야. 차라리 지금 없애버리는 편이 후환이 없을게다."

이에 도적들은 그를 뒤쫓아가 죽여버리고 말았다.

연나라에 살던 어떤 사람이 이 소문을 들었다. 그는 이내 가족들을 모아놓고 주의를 주었다.

"어딜 가다가 도중에 도적을 만나거든 절대로 우결처럼 행동해서는 안된다."

얼마 후 그의 아우가 서쪽의 진나라로 떠나게 되었다. 중도에 그도 산적떼를 만났다. 순간 그는 자기 형이 당부한 말이 뇌리를 스쳤고, 젖먹던 힘까지 다해 산적떼에게 대항했다. 하지만 여러 명의 산적들을 무리치기에는 너무나도 역부족이어서 결국은 가지고 가던 물건을 모조리 빼앗겨버렸다. 그는 얼른 산적들을 뒤따라 그들의 산채로 들어갔다. 그는 산적들에게 연신 허리를 굽신거리며 자기 물건을 돌려달라고 애걸했다. 한 산 적이 역정을 내며 말했다.

"이런 빌어먹을 녀석, 목숨을 살려준 것만으로도 감지덕지한데, 물건까지 달라구? 게다가 이젠 우리 산채까지 알아버렸으니……."

마침내 그는 칼을 뽑아 그 사내를 두 동강 내고 말았다.

《열자》

그대가 목적하는 바와 내가 목적하는 바는 다르므로 방법을 흉내내서는 안된다. 목적이 무엇인가 정확히 파악하면 방법은 그대 스스로 우러나오는 것이기 때문이다.

재물을 우선하면 더 큰 것을 잃는다

위나라의 어떤 사람이 자기 딸을 시집 보내면서 이렇게 일렀다.

"시집에 가거든 아무도 몰래 저축을 하거라. 사람이 살다 보면 갈라서는 건 흔히 있는 일이야. 평생 탈없이 해로하는 건……글쎄……,오히려 요행이라고나 할까?"

딸은 그 말대로 남몰래 저축을 했는데 그만 시어머니가 이것을 알고는 고약하다고 내쫓아버렸다.

하지만 딸은 친정으로 쫓겨갈 때, 처음 시집올 때 가지고 왔던 것보다 두 배나 되는 재물을 가지고 돌아갔다.

친정아버지는 친정의 재산을 불린 지혜로운 딸이라고 사람들에게 자랑했다.

《한비자》

결혼이 치부의 한 수단이라고 생각하는 요새 사람들, 이혼 준비를 하며 하루하루를 버티고 살아가는 부부들, 그들에게 이혼도 치부의 한 수단이라고 생각할 그런 끔찍한 세상이 오는 것은 아닌지.

현실과 유리된 지식보다 유용한 기술이 더 낫다

백락은 말을 감정하는 것으로 세상에 소문이 난 사람이었다. 그런 백락은 평소 자기가 싫어하는 사람에게는 천리마를 구별하는 법을 가르쳤고, 좋아하는 사람에게는 둔하고 쓸모 없는 말을 가려내는 법을 가르쳤다.

누군가가 이것을 의아하게 생각한 나머지 백락에게 묻자, 그는 이렇게 대답했다.

"그 이유는 이렇소. 생각해보시오. 천리마는 세상에 극히 드문거요. 그러니 그걸 구별하는 방법을 알고 있은들 무슨 이익이 되겠소? 하지만 둔한 말은 지천에 널려 있소이다. 때문에 날마다 거래가 이루어지질 않소?"

《한비자》

끼니를 굶고 살아가는 사람에게 '정신이 가난한 사람이 불쌍한 법이오'라는 위안조의 설교는 쓸모가 없다. 그들에게 진정 필요한 것은 굶주린 배를 채울 수 있는 식량이다.

사족 하나 ― 우리들의 교육도 현실과 유리된 고상한 이념보다 실생활에 필요한 실용적 기술 위주로 나아가야 되는 건 아닌지.

모든 일에 여지를 남겨 두라

환혁은 사람들에게 인형 깎는 법에 대해서 이야기하였다.

"인형을 조각하는 방법은 코는 되도록 크게, 눈은 되도록 작게 만드는 것이 좋다. 왜냐하면 큰 코는 깎아서 작게 할 수 있지만 처음부터 작은 코는 크게 할 수 없으며, 작은 눈은 도려내어 크게 할 수 있지만 처음부터 크게 만든 눈은 작게 할 수가 없기 때문이다."

《한비자》

조각을 하는데만 여지가 필요한 것은 물론 아니며 모든 일에 여지가 필요하다. 평소 일을 처리함에 있어서 다시 수정할 수 있는 여지를 남겨 두어야만이 실패가 적은 것이다.

생각을 크게 하면 넓은 세상이 보인다

헤픈 인정은 자비가 아니다

정나라에 사는 시골 사람 을자의 아내가 하루는 장에 가서 자라 한 마리를 사 가지고 집으로 돌아오고 있었다.

한참을 걸어 고개 마루를 내려서노라니 멀찍이 자기네 마을이 굽어보였다. 마을 앞을 흐르는 조그만 시냇물을 건널 무렵, 여인은 목이 마르다는 생각에 자라를 냇가 자갈 틈에 놓아 두고 양손으로 시냇물을 떠서 입으로 가져갔다.

갈증이 풀린 다음, 자갈 틈에서 바둥거리는 자라를 내려다보니 문득 가련한 생각이 들었다. 여인은 혼잣말처럼 중얼거렸다.

"하긴 네놈도 목이 마를 테지. 그래 너도 물 한 모금 마시고 가자."

여인은 자라를 들어 물속에 집어 넣었다. 웬걸, 자라는 그대로 쏜살같이 개울바닥 모래를 헤집고 사라졌다.

"어머나! 이를 어째……."

《한비자》

자비의 뒤에는 후회가 없으며 또한 기대감도 없다. 그러면서 베푸는 것이다. 그대가 베푸는 자비가 이런 경우들이 아니라면 반성하시라.

남에게 인정받지 못함을 원망하지 말라

초나라에 사는 화씨는 어느 날 박옥¹을 발견하여 임금에게 바쳤다.

임금은 보석감정사 세 사람을 불러 그 보석을 감정하게 하였다.

"이것은 그저 평범한 돌입니다."

세 감정사는 이구동성으로 이렇게 말했고 임금은 화씨가 자기를 속였다고 생각하여 노한 나머지 그에게 형벌을 내렸다.

"이 고얀 놈의 왼발을 잘라라."

그후, 그 임금이 죽고 무왕이 즉위하였다. 화씨는 그 박옥을 다시 임금에게 바쳤다. 임금은 보석감정사에게 그것을 감정하게 하였고, 역시 돌이라는 대답을 듣자 그의 오른발을 잘라버렸다.

무왕이 죽고 문왕이 즉위하였다. 화씨는 이제 스스로 임금을 찾아가서 박옥을 바칠 용기가 나지 않았다. 그리하여 그는 박옥을 안고서 그것을 처음 발견했던 산에 들어가 사

생각을 크게 하면 넓은 세상이 보인다

흘 밤낮을 통곡했다.

이 소식을 들은 문왕은 사람을 보내 그 이유를 물었다.

"세상에는 다리를 잘리는 형벌을 당한 자가 수도 없이 많은데, 어째서 자네는 이토록 슬퍼하는가?"

화씨가 대답했다.

"저는 형벌을 받은 것 때문에 우는 것이 아닙니다. 이토록 훌륭한 옥을 돌이라고 하고, 진실을 말하는 자를 사기꾼으로 몰아붙이는 세상이 너무나도 야속해서 우는 겁니다."

이 말을 들은 문왕은 그의 박옥을 가져오게 하여 잘 세공하게 하였더니 과연 훌륭한 벽옥이 되었다.

《한비자》

옥을 옥으로 받아들이지 않는 세상을 탓해야만 하는가, 아니면 나의 옥과 같은 능력이 타인에겐 옥이 아닌 돌이 될 수도 있다는 가치의 상대성을 말해야 하는가. 그러나 나의 옥도 세상에 드러낼 땐 세공(사회적 공인절차)를 거쳐야 된다고 생각해야 할 것이다.

¹박옥 : 가공하지 않은 자연 그대로의 옥.

부부라고 같은 생각을 하는 건 아니다

위나라의 어떤 부부가 복을 축원하며 기도하고 있었는데 아내가 이렇게 빌었다.

"바라건데 제게 베 백 필만 그냥 떨구어주옵소서."

"팔푼이 같은 여편네. 아니 겨우 그거야?"

남편이 핀잔을 주자, 아내가 대답했다.

"그보다 더 많으면 당신이 그걸로 첩을 얻게 될테니……"

《한비자》

즐거움을 같이 하는 자는 많아도 어려움을 같이 나누는 자는 극히 드물다.

불행은 거저 들어온 행운 속에서 싹트기 시작하는 것 아닐까.

생각을 크게 하면 넓은 세상이 보인다

살다보면 생각치 않던 일도 생기게 마련이다

어기는 말을 모는 데 도가 텄다는 평판이 자자한 사람이었다. 하루는 송나라 임금을 찾아가 이렇게 말했다.

"제가 임금을 위하여 말을 모는 솜씨를 보여 드리고 싶습니다."

그의 말을 들은 송나라 임금은 그 솜씨를 한 번 보자고 하였다. 이에 어기는 말에 수레를 매고 고삐와 재갈을 점검한 다음, 말의 엉덩이에 채찍을 얹었다.

"이랴!"

말을 모는 그의 솜씨는 참으로 훌륭했다. 수레바퀴는 길에 표시해 놓은 자리를 조금도 벗어나지 않았고, 또 말이 지나간 자리는 먼저 밟았던 발자국을 그대로 밟아 한 치의 오차도 없었다. 그런데 갑자기 난데없이 돼지 한 마리가 불쑥 튀어나왔다. 말은 돼지를 보고 놀라 마구 날뛰기 시작했다. 어기가 아무리 채찍을 휘둘러도 말은 제멋대로였다.

《한비자》

완벽한 계획이란 것도 돌발적인 사태를 포함시킬 수 없다. 그대의 익숙함에 갑자기 낯선 것이 부딪치는 뜻밖의 불청객 앞에서는 물거품 내지 무용지물이 될 뿐이다.

공간이 마음을 구속하지 않는다

제나라의 대부 경봉이 반란을 일으켰다가 실패하고는 월나라로 달아나려고 하였다. 그러자 그의 한 친척이 말했다.

"여보게, 월나라보다는 진나라가 가깝지 않은가? 왜 하필 먼 나라로 도망가려는 건가?"

경봉이 대답했다.

"월나라는 제나라에서 멀리 떨어져 있어서 그만큼 안전할테니까요."

친척이 대답했다.

"만약 자네가 반역하려는 마음을 버린다면 가까운 진나라로 도망가더라도 위험할 것이 없어. 하지만 끝내 그 마음을 버리지 않는다면 월나라보다 더 먼 곳으로 달아난대도 절대 안전하지 못할걸?"

《한비자》

공간이 마음을 구속하지 않는다. 십리, 백리, 아니 천리를 떨어졌다 해도 그대 마음의 울타리에서 그대가 한 발짝도 벗어나지 않는 한 마음은 자유롭지 못하다.

내면의식에 쌓인 모든 것을 쓸어내라. 그러면 비로소 마음은 비워지고, 나는 이 세상 어디에서든 자유로이 살아갈 수 있으리.

악양이 위나라 장수가 되어 중산이라는 나라를 쳤을 때, 마침 악양의 아들이 중산국에 있었다.

중산국의 임금은 분노한 나머지 그 아들을 삶아서 국을 끓여 악양에게 보냈고 악양은 막사 안에서 이것을 깨끗이 먹어 치웠다.

위나라 문공이 이 말을 전해 듣고는 감격스러운 어조로 말했다.

"아! 악양은 나를 위하여 제 아들의 살까지 먹었으니 참된 충신이로다!"

그러자 옆에 있던 한 신하가 아뢰었다.

"자기 아들까지 잡아먹었는데 누군들 잡아먹지 않겠습니까?"

그후 악양이 돌아오자 임금은 그를 칭찬하면서도, 마음

한구석으로는 그의 본성을 의심하여 믿고 내버려둘 수 없는 인물이라고 생각했다.

《한비자》

'보여준다','보여주겠다'라는 말은 하나의 행위를 통해 상대방에게 자기의 마음을 드러내 놓는 것을 상징하는 말이다. 그것이 성공할 경우에는 신뢰와 환호와 감탄을, 실패할 경우에는 비난과 불신과 실망을 받게 된다.

남의 말만 듣는 사람을 섬기지 말라

노단은 세 번이나 중산국의 임금을 찾아가서 자신의 견해를 피력했지만 끝내 받아들여지지 않았다. 이에 부득이 황금 50냥을 뇌물로 써서 임금 측근의 신하에게 추천해줄 것을 부탁했다.

얼마쯤 지나 노단은 다시 임금을 만나게 되었다. 그런데 이번에는 노단이 말도 꺼내기 전에 임금은 그에게 벼슬을 내리고 후하게 대접하겠노라는 것이었다.

노단은 궁궐에서 물러나오자마자 곧바로 짐을 챙겨서는 중산국을 떠나버렸다. 그를 모시고 가던 마부가 의아하다는 듯이 물었다.

"나리, 이번에 임금을 만나보고서야 비로소 좋은 대우를 받게 되었는데 왜 갑자기 이곳을 떠나는 거지요?"

노단이 대답했다.

"중산국의 임금은 오늘 남의 말만 듣고서 나를 후하게

대접하려고 했다네. 그러니 훗날 남의 이야기를 듣고서 나를 죄인으로 만들지도 몰라."

노단이 중산국의 국경을 채 빠져나가기도 전에 중산국 임금의 친척중 그를 시기하던 자가 노단을 조나라의 첩자라고 모함하였다. 중산국의 임금은 그 말을 믿고서 노단을 체포하여 형벌에 처했다.

《한비자》

미친 사람이 동쪽으로 달리면 뒤쫓는 자 또한 동쪽으로 달린다. 그대, 그 대열에 합류하지 않고 제 갈 길을 갈 텐가, 아니면 자욱한 먼지를 일으키는 그 행렬에 기웃거리다 말발굽에 치이고 말 것인가.

같은 사람도 보는 이의 마음에 따라 다르게 보인다

미자하는 위나라 영공에게 무척 총애받는 미소년이었다.

당시 위나라의 법률에는 임금의 수레를 허락 없이 탄 자는 월형이라고 하여 발뒤꿈치를 자르는 형벌에 처하도록 규정되어 있었다.

어느 날, 미자하는 어머니의 병이 위독하다는 전갈을 받았다. 깜짝놀란 그는 임금의 명령이라고 속이고는 몰래 임금의 수레를 훔쳐 타고 궁궐을 빠져나와 집으로 달려갔다.

나중에 임금이 그 사실을 알게 되었다. 임금은 그에게 형벌을 내리기는커녕 오히려 그를 입에 침이 마르도록 칭찬하는 것이었다.

"효자로다! 효자야. 얼마나 어머니를 걱정했으면 발꿈치가 잘리는 형벌까지 각오했을까!"

그후, 미자하는 임금과 함께 과수원을 거닐다가 복숭아를 하나 따먹었다. 먹어보니 맛이 상당히 좋았다. 그래서 미자하는 자신이 먹던 복숭아를 임금에게 바쳤다. 임금은 감격스런 어조로 말했다.

"미자하는 짐을 끔찍이도 생각하는구나. 자기가 먹을 것을 나를 위하여 남겨 주다니!"

세월은 흘렀다. 이제 임금은 더 이상 미자하를 아끼지 않게 되었다.

어느 날, 미자하는 임금에게 사소한 잘못을 범하고 말았다. 그러자 임금은 그에게 가혹한 형벌을 내렸다.

"고얀 놈! 이놈은 지난날 짐의 명령이라고 빙자해서 나의 수레를 탔으며, 또 한 번은 자기가 먹다 남은 복숭아를 짐에게 먹인 놈이다."

《한비자》

행동은 아무것도 달라진 게 없다. 그러나 칭찬과 형벌은 달라진다.

애정을 지닌 마음에는 모든 것이 아름답게 보이지만 사랑이 미움으로 바뀌면 같은 일이라도 모습은 다르게 보여진다.

사랑하는 사람의 얼굴에 비록 곰보자국이 나 있어도 그것은 꽃처럼 그지 없는 아름다움으로 보이게 마련이다.

마음이 비단 같은 여자가 진짜 미인

양자가 송나라로 가던 중 날이 저물자 여관에 들었다.

양자가 가만히 살펴보니 여관 주인에게는 두 명의 첩이 있었다. 양자가 보기에도 한 여자는 어디에 내놓아도 손색이 없을 정도로 아름다운 용모를 지니고 있었고, 다른 한 여자는 무척 볼품없는 박색이었다.

그런데 양자가 알 수 없는 것이 있었다.

아름다운 첩은 교태 어린 눈길에 흐느적거리는 몸짓으로 남정네를 사로잡기에 충분했지만 주인은 그녀를 쌀쌀맞게 대하는 것이었다. 반면 볼품없는 첩은 겉보기에 어디 하나 여자다운 구석이라고는 찾아볼 수 없었다. 우락부락한 얼굴, 사내같이 벌어진 어깨하며 절구통 같은 몸매에 통무 같은 다리통. 도무지 매력이라곤 눈꼽만큼도 찾아 볼 수 없었다. 하지만 주인은 그녀에게는 무척 다정한 대우를 해주었다.

밤이 이슥해지자 주인집 안팎은 모두 잠자리로 들어가고

생각을 크게 하면 넓은 세상이 보인다

심부름하는 아이만이 밖에 나와 앉아 선하품을 연신 해대고 있었다. 양자는 궁금증을 참을 수 없었다. 해서 그 이유를 물었더니, 아이는 이렇게 대답했다.

"저 예쁜 아줌마는 자기가 미인이라고 자부하고 뽐내기 때문에 오만하고 버릇없이 굴어요. 때문에 내 눈에는 전혀 예쁘게 보이지 않아요. 하지만 못생긴 아줌마는 자기가 못났다는 것을 알기 때문에 언제나 상냥하고 겸손하게 행동하지요. 때문에 내 눈에는 전혀 못생겼다고 보이지 않아요."

《장자》

어질고 착한 행동을 하면서도 스스로 어질고 착하다는 생각을 하지 않는다면, 그런 사람은 어디에 간들 사랑받지 않을 수 없을 것이다.

내가 나의 아름다움을 믿으면 남들은 나의 아름다움을 잊고, 내가 나의 추함을 생각하면 남들은 나의 추함을 잊게 된다.

주왕이 상아로 젓가락을 만들었다.

이를 본 기자가 염려스러운 듯 혀를 차며 말했다.

"아! 백성들의 고통을 어찌할거나! 임금이 상아 젓가락을 만들었으니."

그러자 옆에 있던 사람이 물었다.

"그게 무슨 말이오? 고작 상아 젓가락 하나 만든 걸 가지고서……."

기자가 말했다.

"상아로 젓가락을 만들었으니 이제 국을 질그릇에 담는 것을 꺼려서 옥으로 만든 그릇을 만들겠지. 그렇게 되면 흔히 먹는 음식은 어울리지 않을 테니 곰발바닥이나 코끼리, 표범 따위의 진귀한 요리를 구하게 될 것이고, 또 먹는 것이 그처럼 사치스러워지면 아무래도 초가집으로는 걸맞지 않을 것이야. 분명 비단옷을 걸치고 고대광실에서 살아야 할 테니 이런 걸 모조리 만족시키려면 온 나라 안의 재물을 모조리 긁어모으디타노 부속할 것 아닌가?"

《한비자》

  미세한 것을 보고서 다가올 일을 헤아릴 수 있다면, 사람들은 결코 경솔하지 않으리라. 그러나 실마리를 보고서 그 결과를 미루어 헤아리는 일, 그것이 어찌 치밀한 계산, 복잡한 수식으로 도출되어지는 것이랴.

  물질, 화려함, 즐거움, 당신은 이것을 초월했다고 생각하겠지만 현실의 늪에서 허우적대며 늘 그것을 먼 빛으로 바라보고 있을 뿐이다.

충신은 나라가 위태로울 때 빛을 낸다

조나라 양자는 진양성 전투에서 큰 곤욕을 치렀다. 적에게 포위당해 목숨이 경각에 달려 있었던 것이다. 간신히 포위망을 뚫고 살아난 그는 당시 공을 세운 다섯 사람에게 상을 내렸다. 그런데 그 가운데 최고의 상을 받은 자는 고혁이라는 사람이었다. 이에 장맹담이 물었다.

"진양 전투에서 고혁은 아무런 공도 세우지 못했습니다. 그런데 어째서 그에게 1등상을 주시는지요?"

양자는 이렇게 대답했다.

"진양 전투에서 나는 생명이 위태로웠소. 어디 그뿐이오? 나라마저 위태로웠지. 그래서 신하들 중에서 오만하게 굴고 나를 업신여기지 않는 자가 없었다네. 하지만 유독 고혁만은 신하로서의 예를 잃지 않았어. 그러니 그의 공이 으뜸 아닌가?"

《한비자》

비바람 몰아치는 허허벌판에 나의 군주는 벌거벗은 몸, 맨손으로 서 있어 내게 해줄 수 있는 건 아무것도 없다.
바로 그 상황, 그 공포의 그림자 앞에서 돌아서지 않을 마음을 간직할 자 그 얼마일까?

생각을 크게 하면 넓은 세상이 보인다

자를 수 없다면 멀리 하라

어느 무뢰한의 이웃에 살고 있는 사람이 집을 팔고 이사를 하여 그 행패를 피하려 했다. 이에 누군가가 말했다.

"저 무뢰한은 죄가 점점 쌓여서 이제 갈 데까지 갔어. 머지 않아 자멸하고 말거야. 그러니 잠시만 더 참고 기다리자구."

그러나 그 이웃 사람은 끝내 결심을 굽히지 않았다.

"그가 내게 부리는 행패가 마지막이 될까 두렵소."

그리고는 마침내 그는 떠나고 말았다.

《한비자》

불행의 씨앗 위에 머뭇머뭇 발을 디디고 있는 그대여! 자를 수 없다면 멀리 하라. 그리고 씨앗이 아직 땅속에 있다고 안심하지 말고 어서 떠나라.

한 걸음 나아가면 한
걸음 물러설 줄 알아야 한다

어느 날 노자는 정원에 앉아 명상에 잠겨 있다가 혼잣말처럼 중얼거렸다.

"물이 가득 채워진 그릇을 들고 한없이 서 있는 바보짓은 그만두는게 좋지."

제자는 스승의 느닷없는 말에 어리둥절한 모양이었다. 제자가 물었다.

"선생님, 그게 무슨 말씀이신지요?"

"손에 힘이 곧 빠져버리거든. 그럼 물이 엎질러지는 법이야."

"……?"

제자는 점점 알 수 없었다.

"부와 지위를 얻어 흥청대는 인간들을 보거라. 칼날이 너무 예리하면 금세 망가지는 법이며, 금은보화를 집안에 가득 쌓아둔들 도둑을 영원히 지킬 수는 없는 법이므로 공

생각을 크게 하면 넓은 세상이 보인다

을 이루었더라도 지위에 미련을 갖지 말고 지체없이 물러나는 것이 자연의 이치에 맞는 처신이야."

노자는 말을 멈추고는 잠시 허공을 바라봤다. 옆에 앉은 제자는 그제서야 고개를 끄덕였다. 스승의 말뜻을 대강 짐작할 수 있었던 것이다.

"손해와 이익이라는 것도 마찬가지야. 어느 한쪽이 늘어나면 다른 한쪽은 줄어들게 마련이거든."

제자는 다시 고개를 갸웃거렸다.

"법령이 복잡해질수록 나라의 질서는 어려워지고, 영리한 자가 많아지면 많아질수록 사람들은 바보멍청이가 되는 법이야. 또 기술이란 것은 나아지면 나아질수록 괴이한 물건들이 만들어지고, 법률에 대한 해석이 명확해질수록 법망을 빠져나가는 교묘한 인간들이 많아지는 법이야."

노자는 이렇게 말하고 자리에서 일어섰다.

《노자》

괘종시계의 추는 한편으로 힘껏 흔들린 다음, 앞서의 그 힘만큼 이내 그 반대쪽으로 움직인다. 세상살이란 괘종시계의 추 마냥 그렇게 움직이는 것, 무슨 재주로 괘종시계의 추를 내쪽으로만 기울게 할 수 있을 것인가.

덕이 가득찬 사람은 모자라 보인다

양자거가 여행길에 오른 노자를 따라 함께 여행을 했다.
도중에 노자는 탄식 섞인 말투로 중얼거렸다.

"그래도 어딘가 쓸 만한 구석이 있는 녀석일 줄 알았더
니, 형편없는 놈이구먼."

양자거는 못 들은 체했다. 이윽고 날이 저물자 두 사람
은 한 주막집에 들었다.

주막 안으로 들어서자 술을 마시고 있던 축들은 다투듯
양자거에게 공손하게 인사를 건넸고, 화롯가에 앉아 있던
사람들은 그에게 자리를 내주었다.

저녁식사를 마친 다음 양자거가 노자에게 물었다.

"아까, 저더러 형편없는 놈이라고 하셨는데, 무슨 말씀이
신지……."

노자가 말했다.

생각을 크게 하면 넓은 세상이 보인다

"자네는 말이야. 눈을 위로 치뜨고 있어서 잘난 체하는 것처럼 보이네. 희디 흰 것은 엷은 푸른색이 감돌아 마치 물들인 것처럼 보이고, 덕이 가득찬 사람은 어딘가 모자라는 것처럼 보이는 법일세."

양자거는 아무런 대꾸도 하지 못했다.

이튿날, 양자거는 간밤을 주막에서 묵은 다른 사람들과 마치 친구처럼 거리낌 없는 사이가 되었다.

《노자》

정말로 흰 것은 물들여 있는 것처럼 보이고 진실로 큰 사각형은 네귀퉁이의 각이 보이지 않는다. 그리고 큰 그릇은 더디게 완성된다. 또한 진실로 곧은 것은 마치 굽어 있는 것처럼 보이고, 진실로 능란한 것은 몹시 서툰 것처럼 보이며, 진정한 웅변은 말주변이 없는 것처럼 보인다.

주임금은 밤낮 술에 찌들린 채 날짜 가는 것마저 잊고 있었다. 한번은 그가 좌중의 여러 대신들에게 물었다.

"오늘이 며칠인가?"

"……"

대신들은 아무런 대꾸도 없이 서로 얼굴만 쳐다볼 뿐이었다. 대신들 역시 아무도 날짜를 아는 사람이 없었기 때문이다. 이에 주임금은 사람을 시켜 기자에게 날짜를 물어보게 하였다. 기자는 술에 잔뜩 취한 것처럼 가장하고는 일부러 혀 꼬부라진 소리로 대답했다.

"그─을세 말이야. 그게……, 허─참! 오늘이 며칠인가?"

임금의 사자가 돌아가자, 기자는 자기 제자에게 탄식하듯 말했다.

"천하의 주인과 대신들조차 날짜 가는 걸 모르고 있으니

세상이 망조로다! 임금이나 대신들도 모르는데 나 혼자 알
고 있다면 위태로우리."

《한비자》

굴원은 반대파의 비방으로 쫓겨난 뒤, 방황하며 이렇게 노래했
다.

"세상이 온통 흐려져 있는데 나 혼자 맑고 깨끗하였기에, 사람
들 모두가 욕망에 눈멀었는데 나 혼자만이 맑은 정신이었기에,
이제 이처럼 쫓겨난 몸 되었다네."

이 노래를 들은 한 어부는 이렇게 노래하며 화답했다.

"세상 사람 모두가 다 흐려 있거늘, 어째서 그대도 진흙을 흙탕
물쳐, 그 물결을 드높이 날리지 않았소. 또 사람마다 욕망에 다
눈멀었거늘, 어째서 함께 탁주 찌끼 마시잖고, 그리 깊이 생각하
고 고결한 걸 내세워서 그 지경이 되었소."

뒤바뀐 진실과 거짓, 누가 알아주리

서문표는 업 땅의 현령이 되어 청렴하고 성실한 생활을 신조로 작은 사욕도 채우지 않았다. 그러다 보니 자연히 임금 주변의 권세 있는 인물들에게 대접이 소홀할 수 밖에 없었다. 그러자 임금의 총애받는 신하들은 한결같이 임금에게 서문표를 헐뜯었다.

1년이 지나 서문표가 고을을 다스린 보고서를 올렸다. 임금은 불문곡직하고 그에게 내렸던 관인을 회수하고 파직시켰다. 그러자 서문표는 임금에게 이렇게 요청했다.

"제가 이전에는 고을을 다스리는 방법을 몰랐습니다. 이제 모든 것을 터득했으니 한 번만 더 기회를 주십시오. 만약 이번에도 잘 다스리지 못한다면 사형에 처해진대도 후회하지 않을 겁니다."

임금은 차마 그의 청을 거절하지 못하고, 그를 다시 업의 현령으로 보냈다. 그는 그 지방 백성들에게 무거운 세금을 징수하여 그 재물을 임금 측근의 신하들에게 뇌물로 바쳤다.

그후 1년이 지나 다시 고을을 다스린 보고서를 작성하여 임금에게 올리자, 과연 뇌물을 쓴 효험이 있었는지 임금은 그를 칭찬하면서 큰상을 내리겠노라고 하였다. 이에 서문 표는 이렇게 말했다.

"지난날 제가 임금을 위하여 고을을 다스리자 임금께서는 저를 파직시켰습니다. 그래서 이번에는 임금의 측근들을 위하여 고을을 다스렸더니 임금께서는 저에게 이렇듯 칭찬을 하고 상까지 내리겠다고 하십니다. 이런 상태에서는 저는 나라를 다스릴 수 없습니다."

서문표는 관인을 스스로 반납하고 돌아가려고 하였다. 임금은 다급히 그를 붙잡으며 말했다.

"나는 지금까지 그대의 인물됨을 몰랐소. 이제 내가 그대의 인물됨을 알게 되었구려. 아무쪼록 다시 한번 나를 위해 그 고을을 맡아주오."

그러나 서문표는 끝내 관인을 돌려받지 않았다.

《한비자》

뒤바뀐 진실과 거짓, 그 거리의 오차를 정확히 재는 자, 그 누구일까.

신념이 능한 자는 물불을 못 가린다

어느 날, 오기는 허리에 감는 띠 하나를 자기 아내에게 주면서 이렇게 말했다.

"이것과 똑같이 띠를 하나 짜시오."

그러나 다 짜고 난 후에 보니 처음에 건네주었던 것보다 폭이 좁았기 때문에 오기는 다시 짜라고 했다. 아내는 묵묵히 다시 띠를 짰다.

아내는 먼저보다 훨씬 공을 들여 본래의 띠보다 훌륭한 띠를 완성했다. 하지만 이번에도 본래의 띠와 치수가 맞지 않기는 마찬가지였다.

오기는 벌컥 성을 냈다.

"아니 이 사람아! 시키는 대로 짜라니깐?"

"……."

잠시 아무런 대꾸도 못하던 오기의 아내는 이윽고 이렇게 덧붙였다.

"치수가 다른 것은 처음부터 다른 치수의 날실을 넣고 짰기 때문에 어쩔 수가 없어요."

아내의 대답에 오기는 불같이 성을 내며 아내를 친정으로 쫓아버렸다. 친정으로 쫓겨온 오기의 아내는 오라버니에게 울면서 호소했다.

"오라버니, 이 못난 동생이 가련하지 않으세요? 제발 우리 바깥양반을 만나서 한번만 용서해 달라고 부탁 좀 해주세요, 네?"

동생의 말을 듣고 있던 오라비는 이렇게 대답했다.

"오기는 병법을 연구하는 자야. 그는 자기가 생각해낸 병법을 실행하여 장차 큰 나라에서 공을 세우려고 한단다. 그래서 먼저 그 법을 자기 아내인 네게 시험해 본 다음에 실천에 옮기려고 했던 것이란다. 그러니 다시는 그 집에 돌아가겠다는 희망을 버리도록 해라."

이때, 오기 아내의 동생이 위나라 임금에게 중용되었다. 오기의 아내는 동생을 통해 임금에게 청을 넣어 오기와의 재결합을 주선해 달라고 요청했다. 그러나 오기는 임금의 말을 듣지 않고, 결국은 그 자신이 위나라를 떠나 초나라로 가버렸다.

《한비자》

불 같은 신념, 그것은 제 몸둥이조차 불살라버린다. 그것은 이성이지만 이성의 얼굴을 벗어 던지며 결코 사소한 감정에게 설자리를 양보하지 않는다. 그렇다고 염려할 건 없다. 그대는 정상적이기 때문이다. 그러므로 그대의 신념은 절대 요원의 불길처럼 타오르진 않으리라.

공손의는 노나라의 재상이었다.

그는 생선을 무척 좋아했기 때문에 사람들은 다투어 그에게 생선을 사서 바쳤지만, 공손의는 한번도 그것을 받은 적이 없었다. 의아하게 생각한 그의 동생이 물었다.

"형님, 생선을 그렇게 좋아하시면서도 어찌 남들이 선물하는 생선은 받지 않으십니까?"

공손의가 대답했다.

"그건 내가 생선을 좋아하기 때문이야."

영문을 알 수 없는 동생이 고개를 갸웃거렸다.

"그게 무슨 말씀이에요?"

"가령 내가 남이 주는 생선을 받는다고 치자. 그럼 나도 그 사람의 호의에 뭔가 보답을 해야 되지 않겠니?"

"그야 그렇지만……?"

"그렇게 되면 법을 어길 수밖에 없어. 그럼 재상자리에서 쫓겨날 테고, 쫓겨난 다음에야 누가 내게 생선을 사다 바치겠나? 게다가 재상자리에서 불러나 그저 놀며 들어앉아 있는다면 생선을 사다 먹을 돈인들 생기겠어? 하지만 지금 생선을 받아먹지 않으면 재상자리에서 물러날 일도 없을 테고, 또 언제든지 사다 먹을 형편도 되잖아?"

《한비자》

참으로 많은 사람, TV에 비춰진 초췌한 군상들, 그들이 진작 재상의 말을 들을 수 있었더라면…….

한 번 뱉어낸 말은 주워담을 수 없다

조나라 임금이 하루는 후원을 찾았는데, 마침 사육사가 호랑이에게 토끼를 주려 하고 있었다.

조나라 임금이 바라보니 호랑이는 마치 분노에 가득찬 눈길로 토끼를 바라보는 듯 했다. 그것을 보고 임금은 영탄조로 중얼거렸다.

"밉살스럽구나. 저 호랑이 눈깔이여!"

그러자 옆에서 수행하던 신하가 말했다.

"평양군의 눈초리는 호랑이 눈깔보다 훨씬 더 밉살스럽습니다."

"그게 무슨 소린가?"

임금이 되묻자, 그 신하는 이렇게 말했다.

"호랑이 눈깔은 아무리 매섭더라도 그 눈깔을 본다고 해서 해를 입지는 않습니다. 하지만 평양군의 심기를 거슬리

생각을 크게 하면 넓은 세상이 보인다

게 하여 저런 눈빛이 나게 되면 가차없이 죽음을 당하고
말거든요."

이튿날, 평양군은 이 말을 전해 듣고 사람을 시켜 그 신
하를 암살해버렸다.

《한비자》

말이란, 한 번 쏟아지면 다시는 주워 담을 수 없는 마음이란 그
릇에 가득 담겨 금세라도 쏟아질 듯 출렁대는 물과 같지 않은가.

성인은 실마리를 보고서 일을 처리한다

　명의로 널리 이름이 알려진 편작이 채나라의 환공을 만나서는 이렇게 말했다.

　"지금 임금께서는 병이 나셨습니다. 그런데 다행히도 지금은 증세가 피부에 머물러 있습니다. 빨리 치료하십시오. 내버려두면 악화될 겁니다."

　이 말에 환공이 대답했다.

　"내게 병이라니? 당치도 않은 소리! 보다시피 난 이렇게 멀쩡한데?"

　편작이 물러가자 환공이 말했다.

　"세상에 의사라는 것들은 모두 이익에만 눈먼 놈들이야. 멀쩡한 사람을 병이 있다고 해서 치료하는 체하곤 공이나 세우려드는……."

　열흘 후 편작은 다시 환공을 만나서 말했다.

　"임금의 병환은 이제 피부 속으로 들어갔습니다. 어서

치료하지 않으면 더욱 악화될 것입니다."

그러나 한공은 대꾸도 하시 않았다. 편작이 하는 수 없이 물러나자 환공은 불쾌한 기색을 역력히 드러내었다. 그로부터 열흘이 지나자 편작은 다시 찾아가 말했다.

"임금의 병환은 내장을 침범했습니다. 지금 속히 손을 쓰지 않으면 위험합니다."

환공은 이맛살을 찌푸리며 코웃음을 쳤다.

"갈수록 태산이군!"

다시 열흘이 지난 후, 편작은 환공을 만나러 갔다. 이번에는 멀리서 그의 모습만을 보고는 이내 돌아서 밖으로 나가버렸다. 누군가가 그 모습을 보고서 편작에게 물었다.

"아니 왜 그냥 나가버리는거요?"

그러자 편작은 이렇게 대답했다.

"병이 피부의 겉면에 있을 때는 따뜻한 물로 찜질해서 치료할 수 있고, 피부 속으로 병균이 침투했을 때는 침이나 뜸질로 치료할 수가 있소. 또 내장 속으로 들어갔을 때는 탕약으로 치료가 가능하지요. 하지만 더 약화되어 골수에 침범하게 되면 이제 운명은 하늘에 달린 것이오. 인력으로는 어쩔 수 없다는 말이지요. 지금 임금의 질환은 골수로 들어갔소. 나는 더 이상 손을 쓸 수가 없소."

5일 후 환공은 뼈에 커다란 통증을 느꼈다. 사람을 시켜 편작을 불러오게 했지만, 편작은 이미 진나라로 도망쳐버린 뒤였다. 환공은 통증을 호소하더니 결국 죽고 말았다.

《한비자》

세상에 신기한 의술을 가진 의사는 없다. 다만 더러 이름이 나는 건 그들이 발병 초기에 증상을 발견하고 치료를 한다는 것이다.

그래서 노자는 말한다.

"성인은 실마리를 보고서 즉시 일을 처리한다."고.

인간 세상의 모든 일이 이와 이치를 같이 한다.

법은 정상참작의 여지가 있을 때 빛을 발한다

공자가 위나라 재상으로 있을 때, 제자인 자고가 옥리가 되었다. 어느 날, 그는 한 죄수의 발목을 자른 일이 있었는데 그 죄수는 나중에 성문지기가 되었다.

그 무렵 어떤 사람이 공자를 미워하여 공자가 난을 일으키려 한다고 임금에게 모함하였다. 임금은 그 말을 믿고서 공자를 체포하려 하였다. 공자는 서둘러 달아나고 제자들도 모두 흩어져 도망쳤다.

뒤처져 달아나던 자고가 막 성문을 나서려는데, 포졸들이 뒤를 바짝 추격해 왔다. 다급해진 자고가 어쩔 줄을 모르고 있는데, 전에 그에게 발목을 잘린 성문지기가 다가오더니 그를 숨겨주어 위기를 면할 수가 있었다. 밤중에 자고는 그 성문지기에게 물었다.

"나는 법을 어길 수가 없어서 자네 발목을 잘랐네. 하지만 그때 자네는 나를 원망했을 테지. 이제 복수할 기회가 왔는데 어째서 오히려 나를 숨겨주는 건가?"

그러자 성문지기가 대답했다.

"제가 발을 잘린 것은 그에 해당되는 죄를 지었기 때문이지요. 그건 어쩔 수 없는 노릇이었습니다. 하지만 그때 선생은 나를 변호하고 또 어떻게든 가벼운 벌을 주려고 법령을 몇 차례나 살피면서 애를 써주셨습니다. 판결이 나고 죄명이 확정된 다음에는 슬퍼하면서 안타까워해 주셨구요. 그것은 저에 대한 사사로운 인정 때문이 아니라 선생의 천성이 인자하기 때문이었습니다. 이것이 제가 법을 어기면서까지 선생께 조금이라도 보답하려는 까닭이랍니다."

《한비자》

법의 '엄정성'과 정상참작'. 이 둘을 서로 대립되는 것으로 파악하기 쉬우나 사실은 그렇지 않다. 오히려 법의 엄정

생각을 크게 하면 넓은 세상이 보인다

허풍, 거짓말, 그리고…

불사약을 먹고도 죽으면 무슨 소용

어떤 사람이 초나라 임금에게 불사약을 바쳤다. 그를 안내한 문지기가 이것을 임금에게 바치려는데 임금을 모시는 관원이 물었다.

"그걸 내가 먹어도 될까?"

이에 문지기는 농담으로 받아들이고는 건성으로 대답했다.

"물론이죠. 어디 한번 드셔 보세요."

그러자 그 관원은 기다렸다는 듯이 불사약을 한 입에 홀링 털어 넣어버렸다. 임금이 이 말을 전해 듣고는 약을 가로채 삼켜버린 관원을 죽이려고 했다. 그러자 다급해진 관원은 임금에게 이렇게 말했다.

"제가 문지기에게 물으니 먹어도 된다고 하기에 먹은 것입니다. 때문에 저에게는 잘못이 없습니다. 또 알 수 없는 사람이 불사약이라고 바쳤는데 이것을 먹었다는 죄로 제가

생각을 크게 하면 넓은 세상이 보인다

죽음을 당한다면, 이것은 불사약이 아니라 사약이 되는 것
이니 그렇다면 결국 그가 임금님을 속인 셈입니다.”

《한비자》

　지위고하, 빈부귀천을 막론하고 장수하겠다는 인간의 탐욕은
끝이 없는가 보다. 죽음을 무릅쓰고 임금의 불사약을 관원이 마
셨으니 말이다.
　세상 어디에 불사약이 존재하는가. 하긴 사내가 바친 불사약은
어쨌건 일단 불사약으로서 효력이 입증된 셈이다.
　사족 한마디 – 불사약과 사약은 말 한마디 차이일 뿐이다.

권모술수는 정치가의 필수 덕목?

은나라 탕왕은 일찍이 하나라 걸왕을 치고 왕의 자리를 얻었다. 그래서 세상 사람들이 자기의 행위를 천자의 지위를 탐낸 것이라고 비난할까봐 늘 두려웠다. 이에 탕왕은 무광이라는 현능한 사람에게 자리를 양보하겠노라고 하였다. 그러나 마음 한편으로는 무광이 진짜로 자기의 자리를 덥석 받아버리면 어떡하나 내심 걱정이 되기도 했다. 이에 탕왕은 무광에게 사람을 은밀히 보내 이렇게 말하도록 하였다.

"탕왕은 그 임금인 걸왕을 죽이고는 세상 사람들의 나쁜 평판을 두려워한 나머지 천하를 그대에게 넘기려는 것이오."

탕왕의 밀명을 받고 온 사람은 이렇게 말하고는 슬쩍 무광의 표정을 살폈다. 무광의 얼굴은 이내 놀라움으로 일그러졌고 그 사람은 말을 계속 이었다.

생각을 크게 하면 넓은 세상이 보인다

"그러니 그대가 만약 탕왕의 제의대로 그의 뒤를 이어 임금의 자리에 오른다면 임금을 죽이고 왕이 되었다는 오명을 뒤집어쓰고 말 것이오."

정직한 무광은 듣고 보니 자기가 즉위하게 되면 틀림없이 임금을 죽이고 그 자리를 차지했다는 평판을 면할 수 없을 것으로 여겨졌다.

하지만 이미 탕왕과 그렇게 하기로 약속을 한 처지라 이를 어길 수도 없었다. 고심에 고심을 거듭한 무광은 마침내 스스로 강물에 몸을 던져 자살하고 말았다.

《한비자》

유능한 정치 지도자의 필수 덕목 - 미끼를 던져 정적을 진퇴양난에 빠뜨려 자멸케 하는 정치술 터득하기?

제나라 선왕은 합주를 좋아했다. 그래서 언제나 음악을 연주할 때면 3백 명으로 하여금 동시에 연주하도록 하였다.

성안 남쪽에 사는 한 사내가 이러한 점을 이용하여 피리를 잘 분다고 속여서 궁중의 악대에 들어가 국록을 타 먹게 되었다.

선왕이 죽자 민왕이 즉위하였는데, 민왕은 합주를 본디 좋아하지 않았다. 하루는 민왕이 측근의 신하에게 물었다.

"악사 중에서 피리를 부는 자가 많은데, 그 중 누가 가장 뛰어난지 궁금하구먼?"

그러자 그 신하가 대답했다.

"한 사람 한 사람씩 불게 해보면 알 수 있을 겁니다."

그러자 그 엉터리 사내는 실력이 탄로날 것을 걱정한 나머지 몰래 달아나버리고 말았다.

《한비자》

　집단의 권위에 끼어들어 자신 없는 노래 실력이 탄로날까 나를 숨기고 항상 조바심을 내며 안일하게 지내는 군상들. 자, 이제는 그대 무대에서 홀로 서 봐라. 악식이나 화성 따위는 생각할 필요가 없다. 그대만의 소리를 내며 자신 있게 노래를 불러라.

내게 쓸모 없는 것을
다른 이에게 주려하지 마라

　제나라에 진중이라는 사람이 있었다.

　어느 날, 송나라의 굴곡이 그를 만나 말했다.

　"제가 듣기에 선생은 의를 지키며 남의 신세를 지지않고 모든 것을 자급자족하신다구요? 저는 표주박 심는 법을 알고 있어요. 그래서 그 방법대로 심어서 표주박을 거두었지요. 그런데 그 표주박이 돌처럼 단단하고 겉이 두꺼워서 구멍을 뚫을 수가 없군요. 선생께 하나 드리지요."

　진중이 말했다.

　"사람들이 표주박을 심는 이유는 구멍을 뚫어 물건을 담을 수가 있기 때문이오. 그런데 껍질이 단단해 구멍을 뚫을 수 없다면 그런 표주박을 대체 어디에 써먹겠소? 나는 필요 없으니 관두시오."

　굴곡이 말했다.

"지당한 말씀이오. 사실은 저도 그것을 버릴 생각이었습니다."

《한비자》

쓸모 없는, 버릴 물건을 가지고서 상대를 시험하는 굴곡, 그리고 그 시험에 빠져들지 않은 진중.

그러나 우리 한번 문자 외의 뜻을 생각해보자. 표주박이 얼마나 실하면 돌처럼 단단하고 두껍겠는가. 그러나 물을 담기 위해선 구멍이 필요한데, 구멍을 뚫을 수 없을 정도로 단단하면 무슨 소용 있겠는가.

제나라의 선왕이 광천에게 물었다.

"유학자들도 도박 같은 노름을 하는가?"

광천이 대답했다.

"아닙니다. 하지 않습니다."

"왜 그런가?"

"도박에서 사용하는 패 가운데는 올빼미 모양을 그린 것이 있는데, 그것이 제일 큰 패입니다. 그런데 이기려면 반드시 상대방의 올빼미를 죽여야 하거든요. 이것은 이를테면 상대의 가장 소중한 것을 죽이는 것이지요. 때문에 유학자들은 이것이 도의를 해치는 것이라고 생각해서 도박을 하지 않는 것입니다."

"그렇구먼."

선왕은 고개를 끄덕이더니, 또 물었다.

"그럼 유학자들은 주살놀이를 하는가?"

"그것도 하지 않습니다."

"그건 어째서인가?"

"예, 주살놀이는 밑에서 공중에 나는 새를 쏘는 놀이입니다. 그런데 이것은 아래에 있는 자가 위에 있는 윗사람을 해치는 것에 해당됩니다. 때문에 이 또한 도리에 어긋난다고 생각하는 것입니다."

"그렇다면 거문고는 타는가?"

"타지 않습니다. 거문고라는 것은 가는 줄이 높은 소리를 내고 굵은 줄이 낮은 소리를 냅니다. 이것은 대소의 순서가 뒤바뀌고 귀천이 자리를 바꾸는 것과 같습니다. 역시 도덕에 맞지 않습니다."

선왕은 고개를 끄덕였다.

《한비자》

영국인들은 야구를 하지 않는다고 한다. 여기에 대한 그들의 설명은 정말 명쾌하다.

"야구에는 도루가 있거든. 그건 비신사적이라구!"

아아! 영국인들은 모두가 신사로구나!?

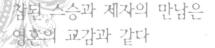
감승은 활의 명수였다.

그가 활을 겨누기만 해도 들짐승들은 지레 놀라 땅바닥에 나자빠지고, 날짐승들은 공중에서 그대로 곤두박질쳤다. 비위라는 제자가 그에게서 궁술을 배웠는데, 그 재주가 스승인 감승을 앞섰다.

어느 날, 기창이라는 사람이 활쏘기를 배우려고 비위를 찾아왔다.

비위는 그에게 말했다.

"궁술을 배우기 전에 먼저 눈을 깜빡거리지 않는 것부터 배워야 하네."

기창은 이에 집으로 돌아와 아내의 베틀 아래에서 꼼짝 않고 북이 오가는 것을 노려본 지 2년. 송곳으로 눈을 찌른대도 꼼짝 않을 정도가 되었다. 의기양양해진 기창은 다시 비위를 찾아갔다.

비위가 말했다.

"다음에는 보는 것을 연습하도록 하라. 작은 것을 크게 보고, 희미한 것을 또렷하게 보도록!"

기창은 이를 잡아 가는 실로 창틀에 매어 놓고 날마다 바라보았다.

열흘 후, 이는 조금 크게 보였다. 세월이 흐르면서 이는 조금씩 크게 보였고, 3년이 지나자 수레바퀴만 하게 보였다.

기창은 명품으로 소문난 활과 화살을 구해다 살을 먹여서 이를 향해 겨누었다. '핑~' 시위를 떠난 화살이 이의 심장을 꿰뚫었지만 이는 실에 매달린 채로 있었다. 기창은 다시 비위를 찾아갔다. 비위는 감격스런 어조로 말했다.

"이제 너는 나의 궁술을 체득했구나!"

기창은 이 말을 듣고 엉뚱한 생각을 품었다.

'이제 나를 대적할 사람은 비위 한 사람뿐이야. 비위만 처치해버리면 나는 천하 제일의 명궁!'

며칠 후, 두 사람은 넓은 들판에서 마주쳤다. 비위는 자신이 아끼는 제자에게서 문득 살기를 느꼈다. 기창이 비위를 향해 활을 겨누었다. 비위도 얼른 화살을 시위에 얹었다. 두 사람이 쏜 화살은 거의 동시에 상대를 향해 시위를 떠났다. '딱!' 소리를 내며 화살은 공중에서 서로 부딪혀

227

땅에 떨어졌다. 기창은 다시 시위에 화살을 먹였다. 그러나 비위는 여분의 화살이 없었으므로 다급한 나머지 땅바닥에서 얼른 가시나무 가지를 주워 들고서 기창의 화살을 막아냈다.

두 사람은 순간 누가 먼저랄 것도 없이 서로를 죽이려던 마음을 뉘우쳤다. 그들은 활을 내던진 채 얼싸안고 소리내어 울었다. 그리고는 서로 길바닥에 엎드려서 부자의 인연을 맺었다.

이후 그들은 자신들의 궁술을 다른 누구에게도 가르쳐주지 않기로 맹세했다.

《열자》

참된 스승과 제자의 만남은 영혼의 교감과 같다. 때문에 거기에는 말을 통한 지식의 전달은 소용없는 것이며 서로가 지식을 팔고 살 뿐이라면 말로써 거래되는 그 지식은 한갓 상품에 지나지 않을 뿐이다.

작은 과녁은 꿰뚫을 줄 알아도 스승의 은혜, 세상의 도리는 볼 줄 몰랐던 기창. 선생의 덕은 배우려 하지 않고 지식만 배우려 한다면 그건 제자가 아니다.

이제 세상에 참된 스승과 제자가 존재하기란 정말 기적과 같은 것일까.

생각을 크게 하면 넓은 세상이 보인다

도둑질에도 도가 있다

　도척은 포악하기로 소문난 큰 도둑이어서 그의 소행을 모르는 사람이 없었다. 때문에 사람들은 '도척'이라는 말만 들어도 몸서리를 쳤다.

　그런 그에게 어느 날 제자가 물었다.

　"도둑질에 도가 있습니까?"

　도척이 말했다.

　"물론이다. 성(聖), 용(勇), 의(義), 지(智), 인(仁), 이것이 도둑질의 다섯 가지 도이다. 첫째, 창고에 보관되어 있는 것을 추측하는 것이 성(聖)이며 둘째, 가장 먼저 안으로 들어가는 것이 용(勇)이다. 셋째, 맨 나중에 도망쳐 나오는 것이 의(義)이고 넷째, 상황을 적절하게 판단하는 것이 지(智)이며 마지막으로 공평하게 나누는 것이 인(仁)이다."

《장자》

　혁명이라는 거창한 깃발을 흔들며 이웃을 위해서, 인류를 위해서라는 그럴싸한 명분을 달고 역사상 저질러 온 거룩한 사건들을 보면 항상 명분은 나중의 일이 된다. 우리들도 자기의 치졸한 행위를 정당화하기 위해 고전에서 화려한 명분을 도둑질해 갖다 붙이는 이런 시대에 살고 있는 것은 아닐지.

누구나 보배처럼 소중히 여기는 것이 있다

    제나라가 노나라를 치고 승리한 여세를 몰아 노나라의 보물인 삼정이라는 솥을 달라고 요구했다.

    노나라는 그 요구를 거절할 수가 없어서 제나라의 사신에게 가짜 솥을 만들어 들려 보냈다. 그러나 제나라는 그것이 가짜라고 했고, 노나라에서는 진짜라고 우겼다. 그러자 제나라 사람이 말했다.

    "그렇다면 악정자춘이라는 사람을 보내라. 그에게 진실을 확인하도록 하겠다."

    이에 노나라 임금은 악정자춘을 불러서 부탁했다.

    "여보게, 제나라에 가거든 솥이 진짜라고 감정해 주게나."

    그러자 악정자춘이 되물었다.

    "왜 진짜를 주지 않으셨습니까?"

    노나라 임금이 대답했다.

"그건 국보가 아닌가? 아까워서 어떻게 주나?"

"임금께서 그것을 아끼듯이 저는 저의 신용을 아낍니다."

악정자춘은 임금의 요청을 정중하게 거절했다.

《한비자》

누구에게나 보배처럼 소중하게 아끼는 것이 있다. 그러므로 당신의 보배를 위해 나의 보배를 내놓을 수는 없으리라.

제나라의 어떤 사람이 그 임금에게 말했다.

"하백은 물을 다스리는 수신입니다. 임금께서 그를 한 번 만나보시지 않으시려는지요? 원하신다면 제가 한 번 주선하겠습니다."

"좋다. 그를 한 번 만나보겠다."

임금의 허락이 떨어지자 제나라 사람은 넓은 강가에다 하백에게 제사를 드리는 큰 제단을 만들었다. 제사를 마친 다음, 그는 임금과 함께 거기에 올라서서 기다렸다.

잠시 후 큰 물고기 한 마리가 물속에서 대가리를 물 밖으로 쑥 내밀었다. 그것을 보고 제나라 사람이 말했다.

"저것이 하백입니다."

"……?"

《한비자》

신화가 사라진 시대, 온갖 사이비가 신을 자처하는 시대, 이 시대에 죽기 전에 신을 만나 보겠다는 꿈을 갖고 살아가는 사람이 얼마나 될까.

잘못된 발상은 엉뚱한 결과를 낳는 법

한나라 소후는 손톱을 깎아 하나를 손에 쥐고는 없어졌다고 하며 소리쳤다.

"나의 손톱이 사라졌다. 빨리들 찾아봐라."

그러자 측근 가운데 한 신하가 얼른 제 손톱을 깎아서는 찾았다며 내놓았다.

"여기 찾았습니다."

소후는 측근의 신하들이 성실하지 못하다는 것을 알게 되었다.

《한비자》

엉뚱한 손톱을 내놓은 신하만 탓할 게 아니다.

신하들에게 허위의 미끼를 던지면서 성실성을 시험하려는 제후의 발상을 탓해야 되는 것은 아닐까.

지나친 아부는 자신에게도 해롭다

자지는 연나라 재상이었다. 하루는 방문을 열어 놓은 채로 방 안에 앉아 측근들과 이런저런 이야기를 나누고 있었다. 그는 느닷없이 문밖을 가리키며 소리쳤다.

"지금 문 밖으로 나간 것이 백마가 아니냐?"

주변에 있던 사람들은 모두 고개를 힐끗거리며 아무것도 보지 못했노라고 말했다. 유독 한 사람만이 일부러 문 밖으로 나가 확인하는 시늉까지 하고는 들어오면서 중얼거렸다.

"허! 그놈 참 멋지군!"

그는 자지에게 이렇게 말하는 것이었다.

"예, 나리 말씀대로 백마이더군요."

자지는 그가 불성실하다는 것을 알게 되었다.

《한비자》

왜 스스로 시험에 빠져들려는 걸까. 자기 중심을 잃어버린 과잉 충성은 끝없는 아부로 지탱하게 된다.

혹 우리라면 문 밖으로 나간 백마를 찾으러 아예 돌아오지 않는 사람이 아닐까.

생각을 크게 하면 넓은 세상이 보인다

매사에 자명종처럼 깨어 있으라

어떤 벼슬아치가 말했다.

"내 말은 여물이나 조를 많이 주는데도 왜 자꾸만 야윌까? 도통 이유를 알 수 없단 말이야. 그것 참……?"

그러자 그의 부하인 주시가 대답했다.

"말 사육사가 정해진 양의 여물만 다 먹인다면 가만 내버려 두어도 말은 살이 오르게 될 겁니다. 그런데 겉으로는 여물을 먹이는 척하면서 실은 적게 먹이고 나머지는 빼돌린단 말입니다. 그러니 야윌 수 밖에요. 그런데도 사실 여부를 확인해 보실 생각은 않으시고 그렇게 한탄만 하고 계시니……원. 참 딱하십니다그려."

《한비자》

"어! 이렇게 많은 씨앗을 뿌렸는데 왜 하나도 싹이 트지 않는담." 그대의 밭은 일구지 않다가 오랜만에 찾아가 때늦은 후회를 하지 마라. 소홀하지 마라. 매사에 자명종처럼 깨어 있는 사람이 되라. 그대 영토의 주인은 그대이다.

당연히 해야 할 일에 보상을 바라지 마라

송나라 숭문에 사는 어떤 사람이 상을 당했다. 그는 밤낮으로 곡을 하며 식음을 전폐한 나머지 몸이 바싹 말라버렸다. 송나라 임금이 그 소식을 전해 듣고는 이렇게 말했다.

"효자로다! 진정 효자로다! 후한 상을 내리고 적당한 일자리를 마련해 주어라!"

그리하여 그 사람은 후한 상을 받는 한편 군대의 교관으로 특별히 채용되었다.

이듬해부터는 부모의 상을 당하여 말라죽는 자가 10여 명에 이르렀다.

《한비자》

인간이라면 부자간의, 동기간의, 당연히 해야 될 일에 보상을 기대하고 또 보상을 내걸고 행동을 강요하는 서글픈 현실이 된 것은 언제 부터인가.

생각을 크게 하면 넓은 세상이 보인다

쥐를 없애려면 사당을 비워라

환공이 관중에게 물었다.

"나라를 다스리는데 무엇이 가장 골칫거리요?"

"사당에 있는 쥐새끼가 가장 골칫덩이지요."

"어째서요?"

"사당은 나무를 세우고 그 위에 진흙을 발라서 만든 것입니다. 그런데 쥐라는 놈은 그 사이를 뚫고 그 속에 구멍을 파고 살거든요."

"그럼 잡으면 될 것 아니오?"

"그런데 불을 질러 태워 죽이자니 나무에 불이 옮겨 붙을까 걱정이고, 물을 뿌려 없애자니 진흙이 흘러내릴까 염려되거든요. 이것이 바로 사당에 있는 쥐새끼가 잡히지 않는 이유이지요."

《한비자》

불이나 물 외에 쥐를 없앨 수 있는 다른 방법을 동원해 봐라. 웬 사당에 그리 굴뚝 연기가 많이 나는가. 그대의 사당을 청정하게 비워라. 나무 사당을 바꿀 수 없는 거라면.

소적매는 술에 취해서 누워 있다가 입고 있던 가죽옷을 잃어버리고 말았다.

송나라 임금이 그 말을 전해 듣고 이렇게 나무랐다.

"사람이 아무리 술에 취했다고 제 껍질까지 잃어버리는 가?"

그러자 소적매는 빙그레 웃으면서 이렇게 대꾸했다.

"하나라 걸왕은 술 때문에 나라를 잃었다지요. 때문에 옛날 《서경》에서는 '술을 마시지 마라. 늘 술에 취해 있게 되면 임금은 나라를 잃게 되고 평범한 사내는 자기 몸을 잃게 된다'고 경계한 것 아닙니까? 그러니 임금에 비한다면 제가 가죽옷쯤 잃어버린 것은 아무것도 아닙죠."

《한비자》

　가죽옷은 나의 껍질, 나라는 임금의 가죽옷.
　잃어버리면 내 옷은 새로 맞출 수가 있지만 임금의 가죽옷은
어디서 구하랴.

임금은 사발과 같고 백성은 물과 같다

제나라 환공은 자주색 옷을 무척 즐겨 입었다. 때문에 나라 사람들이 모두 그것을 본따 자주색 옷을 만들어 입었다. 자주색 천값은 크게 올랐고, 급기야는 흰 비단 다섯 필을 주고도 한 필을 사지 못할 지경이 되었다. 환공은 이를 염려하여 관중과 상의하였다.

"내가 자주색 옷을 즐겨 입었더니 그만 천값이 폭등하고 말았네. 그런데도 백성들은 모두 자주색으로 된 옷을 입으려고들 저 야단이니 어찌해야 좋은가?"

관중이 대답했다.

"만약 임금께서 이것을 고치시려거든 당분간 자주색 옷을 입지 말아보십시오. 그리고 주변 신하들에게 '나는 자주색 옷에 싫증이 났다'고 하시고, 주변에 자주색 옷을 입은 사람을 보거든 '꼴도 보기 싫으니 물러가라'고 하십시오."

환공은 관중의 말대로 실천했다. 그러자 그날부터 측근에는 자주색 옷을 입는 자가 없어졌고, 사흘이 지나자 온 나라 안에서 자주색 옷을 입은 자를 볼 수 없게 되었다.

《한비자》

공자는 말한다.

"임금은 사발과 같고 백성이란 물과 같다. 물은 둥근 그릇에 담으면 둥글게 되고, 모난 그릇에 담으면 모나게 된다."

부분적 현상을 보고 사물을 판단하지 말라

백락이 두 제자에게 발길질 잘 하는 말을 가려내는 방법을 가르쳤다.

어느 날, 두 제자는 조간자의 마구간에 가서 여러 말들을 살피고 있었다. 그중 한 사람이 어떤 말을 가리키면서 말했다.

"요놈은 차는 버릇이 있군."

그런데 다른 한 사람이 말의 뒤쪽에서부터 빙 돌며 감정하고 나서 말의 엉덩이를 세 번이나 때렸지만 말은 발길질을 할 조짐조차 보이지 않았다. 그러자 먼저 말을 감정한 사람이 중얼거렸다.

"아무래도 내가 잘못 본 것 같군."

그러자 다른 사람이 말했다.

"자네 감정이 틀린 것은 아니네. 자, 이 말을 보게나. 어깨가 구부정해서 힘이 없고 앞무릎의 마디가 부어 있지 않은가? 원래 발길질을 잘 하는 말이 뒷발로 찰 때에는 발을 들고 전신의 무게를 앞발에다 모으게 마련이지. 그런데 이 놈은 지금 보다시피 이렇게 무릎이 부어 있기 때문에 뒷발을 들 수가 없는 게지. 자네는 발길질 잘 하는 말은 기가 막히게 가려냈네만 무릎을 감정하는 데는 아무래도 시두른 것 같군."

《한비자》

보이지 않는 것, 즉 수면 하에 감추어진 빙벽의 밑부분까지 보는 눈을 길러라.

단순한 일부분의 현상을 보고 사물을 파악하지 마라. 모든 일엔 중심이 있다. 마치 말의 앞발처럼, 말의 뒷발만 보고 사물을 판단하는 우를 범하면 후회하게 될 것이다.

생각을 크게 하면 넓은 세상이 보인다

믿음과 배신

자어라는 사람이 공구를 송나라의 재상에게 소개했다. 공구가 밖에 나간 뒤에 자어가 들어와서 공구의 인품이 어떤가를 물었다.

"만나보니 사람이 어떤 것 같습니까?"

이에 재상은 이렇게 대답했다.

"내가 공구를 대한 뒤에 자네를 접하니 자네가 마치 벼룩이나 이처럼 느껴지는구먼. 공구 같은 훌륭한 인물을 우리 임금께 추천할 생각이네."

이에 자어는 공구가 자기보다 임금에게 더 귀중한 존재로 대우받게 되어 자신의 지위를 그에게 빼앗기게 될지도 모른다는 생각이 덜컥 들었다. 그래서 자어는 얼른 재상에게 이렇게 말했다.

"임금께서 공구를 만나보시면 당신도 역시 벼룩이나 이처럼 여겨지게 될지 몰라요. 그러면 아마도 당신의 지위가 위태로울 텐데요……."

재상은 공구를 임금에게 추천하겠다는 생각을 버리고 말았다.

《한비자》

우리들 영혼의 밭에 감나무를 심는다면 결국엔 맛있는 열매를 따먹고 향기로운 냄새까지 맡을 수 있으리라. 그러나 가시나무를 심는다면 그것이 자란 다음 거기에 돋아난 가시에 찔리고 말리라. 그대 영혼의 밭에는 무엇을 심을 것인가.

판단의 가치는 본인에게 달렸다

　노나라의 맹손이 사냥을 가서 새끼노루를 잡았다.

　그는 즉시 부하인 진서파에게 새끼노루를 수레에 싣고 돌아가도록 명령했다. 그런데 어미노루가 울면서 자꾸 뒤를 따라오자 측은한 생각이 든 진서파는 마침내 새끼노루를 풀어주고 말았다.

　맹손이 돌아와서 새끼노루를 찾았다. 진서파는 사실대로 말했다.

　"차마 볼 수가 없어서 풀어주었습니다."

　맹손은 발끈 성을 냈다.

　"그 따위 약해 빠진 마음으로 대체 뭘 하겠다는거냐? 너같이 마음 약한 놈은 필요 없다."

　맹손은 그 자리에서 진서파를 쫓아내버렸다.

　석 달이 지난 후, 맹손은 진서파를 다시 불러들여 그에게 자기 아들을 돌보게 했다. 그러자 이를 의아하게 생각한 맹손의 마부가 물었다.

"지난번에 그를 꾸짖고 내쫓으셨는데, 어째서 그에게 그런 중요한 일을 맡기시는지요?"

그러자 맹손은 이렇게 대답했다.

"새끼노루를 제 어미에게 돌려준 것은 얼마나 자애로운 일인가? 그 정도로 자애로운 사람이니 아이에 대해서는 잔인한 짓은 하지 않을걸세. 분명 잘 보살필거야."

《한비자》

살인의 죄책감 때문에 적을 향한 총구를 거두어 들일 수는 없는 일이다.

인정에 끌리지 않는 공정한 일처리, 약자의 슬픔을 함께 아파할 줄 아는 따뜻한 마음, 이 두 경우를 잘 헤아리며 살아 나갈 수 있으면 얼마나 좋을까.

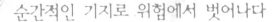

순간적인 기지로 위험에서 벗어나다

　오자서는 자신의 아버지 오사가 초나라 평왕에게 죽음을 당하자, 오나라로 달아나던 중 국경의 수비병에게 붙잡히고 말았다.

　자서는 수비병에게 이렇게 말했다.

　"이봐, 초나라 임금이 왜 나를 잡으려는줄 아나?"

　수비병은 멍청한 표정으로 오자서를 쳐다봤다.

　"그건 내가 아름다운 구슬을 가지고 있기 때문일세. 그런데 어떤 녀석이 그걸 훔쳐가버리고 말았단 말이야. 빌어먹을! 아무튼 자네가 나를 잡아 넘긴다면 나는 이렇게 말할걸세. '나를 체포한 수비병 녀석이 그 구슬을 빼돌렸습니다.' 라고." 이 말에 겁을 잔뜩 집어먹은 수비병은 오자서를 놓아주고 말았다.

《한비자》

　그대는 어떤 입장에 설 것인가. 위기를 극복하는 지혜의 입장에 설 것인가 아니면 약점을 잡혀 상대방의 의도대로 끌려가는 입장에 설 것인가.

　옳고 그름을 판단하지 못해서가 아니라 상대가 나의 약점을 리모콘처럼 교묘하게 작동하고 있으므로 나의 육신과 머리가 기계처럼 조종되어지는 슬픈 존재가 될까 그것이 두렵다.

생각을 크게 하면 넓은 세상이 보인다

사소한 실수가 큰 일을 그르친다

초나라 여왕은 긴급한 사태가 벌어졌음을 일릴 목적으로 커다란 북을 설치하고 이것을 쳐서 백성들의 경계태세를 점검하고자 하였다.

한번은 그가 술에 취해서 북을 두드리고 말았다.

"둥 – 둥 – 둥 – ."

백성들은 크게 놀라 앞을 다퉈 궁궐로 모여들었다. 임금은 사람을 시켜 그들을 해산시키면서 말했다.

"내가 술이 취해서 장난하다 실수로 두드린 것이다."

백성들은 모두 흩어져 돌아갔다.

몇 달 후, 정말로 긴급한 일이 벌어져 임금은 죽어라고 북을 울려댔다. 하지만 백성들은 끝내 한 사람도 출동하지 않았다.

《한비자》

범인들이여, 명심하라. 하찮은 실수가 큰 일을 그르칠 수 있고, 지울수 없는 상처를 남길 수 있음을. 높으신 분들이여, 하물며 국사(國事)에 있어, 국가의 안녕을 담보로 한 그 어떤 실수나 실험이 과연 용납될 수 있다고 생각하시는지?

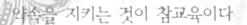

약속을 지키는 것이 참교육이다

증자의 아내가 시장에 가려고 하였다. 그런데 어린 아들 녀석이 울면서 따라오겠노라 고집을 부렸다.

"애야, 집에 가만있거라. 밖은 추워요. 내가 후딱 시장에 다녀와서 돼지를 잡아 삶아주마."

증자의 아내는 이렇게 아들을 달래 놓고 혼자 시장에 갔다. 그녀가 시장에 갔다오니 증자가 돼지를 잡고 있는 것이 아닌가? 그것도 한 마리 밖에 없는 암돼지를. 깜짝 놀란 증자의 아내가 증자의 손을 막으며 소리쳤다.

"아니 당신! 지금 뭣 하는 거예요?"

"당신이 아이에게 돼지를 잡아 삶아준다고 했다면서?"

"그거야……애를 달래느라 한 소리일 뿐인데……."

증자는 정색을 하며 아내에게 말했다.

"여보! 어린아이에게 실없는 소리를 해서는 안되는거요.

아이들은 무엇이든 부모의 흉내를 내고 배우려 하게 마련이오. 만약 당신이 아이 엄마로서 아이를 속여서 결국 아이가 엄마를 믿지 않는다면 앞으로 아이를 어떻게 교육시킬 셈이오?"

증자의 아내는 고개를 숙인 채 아무런 대꾸도 하지 못했다.

결국 그들은 돼지를 잡아 아들이 어머니의 말을 믿을 수 있게 하였다.

《한비자》

약속이란 믿음의 기차를 타고 말(언어)의 출발역을 지나 행동의 종착역을 나오는 것이다.

법 앞에 만인은 평등하다

 초나라 장왕 때 '모문(茅門)의 금법'이라는 것이 있었다. 모문이란 궁정의 가장 안쪽에 있는 문으로, 그 법에 따르면 임금 이외에는 어느 누구도 수레를 타고 그곳을 드나들 수 없었다. 그리하여 거기에는 '신하, 대부, 왕자들이라도 말발굽이 모문의 낙숫물 도랑을 밟는 경우는 정리가 그 수레채를 잘라내고 마부를 벤다'고 규정하였다.

 어느 날, 초나라 임금이 태자를 급히 불렀다. 그날은 마침 비가 내려서 내전의 뜰에 웅덩이가 패어 물이 흥건히 고여 있었다. 때문에 태자는 수레를 탄 채 그대로 모문을 지나쳤다. 정리가 황급히 뛰어나와 몸으로 수레를 막으며 소리쳤다.

 "수레를 탄 채로 모문을 들어올 수 없습니다. 이건 위법입니다." 이에 태자는 맞받아 소리쳤다.

 "임금께서 급히 찾으신다. 겨를이 없단 말이다."

 태자는 그대로 말을 달리게 하였다. 그러자 정리는 창을 치켜들어 말을 찌르고 칼을 뽑아 수레채를 잘라버렸다. 그리고는 이렇게 말했다.

"내전에선 수레를 몰 수 없습니다. 규정대로 마부를 베겠습니다." 말을 마치자 정리는 제지할 틈도 없이 들고 있던 창으로 마부를 찔러 죽였다. 노하여 들어간 태자는 임금에게 짐짓 눈물을 보이며 호소했다.

"급히 부르시기에 달려오다 보니 궁정 뜰이 온통 물바다였습니다. 그래서 그냥 수레를 달려 내전에 이르렀더니, 정리가 법을 어겼다며 창으로 말을 찌르고 수레를 부숴버렸습니다. 저의 체면을 봐서 정리를 베어 주십시오."

그러자 장왕은 이렇게 대답했다.

"그는 나를 위해서 법을 지켰고, 너를 위해서는 태자인 너의 마음에 들려는 아첨기 섞인 행동을 하지 않았다. 그는 끝까지 국법을 지킨 셈이다. 법이라는 것은 나라를 공경하고 존숭하기 위한 것이다. 따라서 법질서를 확립하고 명령을 준수하는 신하는 나라를 믿고 맡길 만한 자인 것이다. 그러니 어찌 죽일 수 있겠는가?"

《한비자》

법 앞에서 만인이 평등하다는 말은 법 앞에선 예외적인 것이 있을 수 없다는 말로 이해하면 좋겠다. 만드는 사람 따로, 지키는 사람 따로 있어서는 안될 것이다.

치자(治者)일수록 자신의 수족을 잘라내는 아픔을 겪더라도 법을 지켜야만 나라의 기강이 제대로 설 수 있는 것이다.

오기는 위나라 무후를 섬겨 서하의 태수가 되었다.

오기가 근무하던 지방의 국경에는 진나라의 작은 망루 하나가 서 있었는데, 그것이 위나라 쪽으로 튀어나와 무척 눈에 거슬렸다. 그래서 오기는 그것을 공격하여 부숴버려 아겠다는 생각을 하고 있었다. 왜냐하면 그것을 없애지 않으면 농사를 짓는 데 방해가 될 것이기 때문이었다. 그렇다고 망루 하나를 공격하는 데 많은 병력을 동원할 필요는 없었다. 때문에 오기는 먼저 수레 한 대를 성문의 북문 밖에 세워 두고 포고하였다.

"이 수레를 남문 밖까지 옮겨 놓는 자가 있으면 비옥한 논밭과 집을 주겠다."

그러나 사람들은 그 명령을 믿지 않았다.

"세상에 저런 쉬운 일을 하는데 집이며 땅을 준다구? 쳇! 믿을 말을 해라, 믿을 말을!"

사람들이 이렇게 웅성거릴 뿐 아무도 그것을 옮기려고

하지 않는데 불쑥 한 사내가 앞으로 나섰다.

"내가 옮기겠소."

사내는 수레를 남문 밖까지 끌어다 놓았다. 오기는 즉시 처음 약속대로 그에게 집과 논밭 문서를 건네 주었다.

오기는 다시 이번에는 팥 한 섬을 동문 밖에 두고 포고했다.

"이것을 남문 밖까지 옮겨 놓는 자가 있으면 아까와 마찬가지로 비옥한 전지와 집을 주겠다."

그러자 이번에는 사람들이 서로 다투어 그것을 옮기려고 순식간에 난장판이 되었다.

이에 오기는 이렇게 명령했다.

"내일 진나라의 망루를 공격한다. 가장 먼저 망루 꼭대기에 올라가는 자에게 벼슬을 내리고 비옥한 논밭과 집을 주겠다."

이튿날, 공격 명령이 떨어지자 사람들은 다투어 망루를 공격하여 한 나절도 채 되지 않아 망루를 함락하였다.

《한비자》

개인간의 신용이란 작은 약속의 이행에서부터 쌓아지는 것이다. 국가의 일도 마찬가지이다. 백성들의 준법의식은 법을 엄정하게 집행하겠다는 치자의 솔선수범에 달려 있는 것이다.

목적을 위한 사랑은 사랑이 아니다

오기가 위나라 장군이 되어 중산을 쳤다.

당시 그의 부하 가운데 종기를 앓는 자가 있었다. 오기는 무릎을 꿇고 입으로 종기의 고름을 빨아주었다. 그런데 그 부하의 어머니가 이 소식을 듣고는 목놓아 통곡하기 시작했다. 이 모습을 지켜본 이웃 사람이 물었다.

"장군이 당신 아들을 이처럼 아끼는데 울긴 왜 우는게요? 자! 이제 그만 울음을 그치시오. 장군의 은혜가 감격스럽긴 할 테지만⋯⋯."

오기 부하의 어머니가 대답했다.

"지난날 오기라는 그 장군이 그 아이 아비의 종기를 빨아 준 적이 있다오. 그 아이 아비는 장군의 은혜에 감격한 나머지 죽자사자 싸우다가 전쟁터에서 영영 귀신이 되고 말았소. 이제 저 아이도 장군을 위해 죽을 것 아니겠소? 나는 그걸 생각하니 자꾸만 눈물이 흐르는 거라오."

《한비자》

어떠한 이념도 따뜻한 사랑이 깔리지 않는다면 정당화될 수 없는 것이다. 전략을 위해서? 그 어떤 것이 소중한 목숨과 대치될 수 있다는 건가. 세상 그 무엇과도 바꿀 수 없는 자식의 생명, 전략을 위해 희생되길 바라는 어버이가 이 세상에 어디 있겠는가.

생각을 크게 하면 넓은 세상이 보인다

훌륭한 정치는 민심을 읽는다

세나라 경공이 안영의 집에 들러 이렇게 말했다.

"자네 집은 너무 좁고 시장이 가까워서 시끄럽구면. 내가 자네 집을 조용하고 경치 좋은 곳으로 옮겨주겠네."

안영은 임금에게 감사드린 다음 사양하면서 말했다.

"저희 집은 가난해서 시장에 의지해서 살아갑니다. 아침저녁으로 시장에 드나들어야 하기 때문에 시장에서 가까이 있어야만 하지요." 경공이 웃으면서 말했다.

"그래? 자넨 시장 사정에 훤한가 보구면? 그럼 자넨 요즘 물가가 어떤지 잘 알겠지. 요즘 신발값은 어떤가?"

당시는 경공의 형벌이 너무 가혹하다는 말이 돌고 있었다. 안영은 이렇게 대답했다.

"발뒤꿈치를 자르는 형벌을 받은 자들이 신는 신발은 비싸고, 보통 신발은 쌉니다."

"어째서?" "형벌이 많기 때문입니다."

경공은 놀라 안색이 변했다. 그리고는 혼잣말처럼 중얼거렸다. "내가 그렇게 난폭했던가……?"

《한비자》

훌륭한 정치란 단단한 화강암의 송덕비 숫자와 일치되는 것이 아니고 저잣거리의 세상 돌아가는 이야기 속에 나타나는 것이다. 마치 지금의 장바구니 물가와 일치되는 것이 아닐까.

잃어버린 민심은 되찾을 수 없다

제나라 환공은 술에 취해 임금의 관(冠)을 잃어버렸다. 그는 부끄러움에 3일 동안이나 조정에 나가지 않았다.

관중이 임금에게 말했다.

"그런 일은 부끄러운 것이 아닙니다. 임금께서 진정으로 그것을 수치스럽게 생각하신다면 선한 정치를 베풀어서 수치를 만회하십시오."

"그렇구나."

환공은 고개를 끄덕이고 창고의 곡식을 풀어서 가난한 백성들에게 골고루 나누어주고, 죄가 가벼운 죄수들을 석방시켰다.

이런 일이 있고 3일이 지나자 온 나라 백성들은 다음과 같은 노래를 부르고 다녔다.

임금님이 주신 곡식
주린 배를 되살렸네.

생각을 크게 하면 넓은 세상이 보인다

가난 땜에 갇혀 있던
개똥아범 돌아왔네.
아아! 우리 임금님
그 괸 흰 번 디 잃으시지.

《한비자》

누군가 왜 비로소 관을 잃고서야 선정을 베풀었느냐는 가혹한
물음을 하겠지만, 관 하나 잃은 대신 온 천하 백성의 마음을 얻
은 거라면 어느 치자가 마다하겠는가.

잃어버린 관이야 다시 사면 그만이지만 돌아선 민심은 어디서
구하랴.

한 사람이 임금의 불빛을 막는다

위나라 영공 때, 미자하는 용모가 뛰어나 임금의 총애를 받으며 정치를 제멋대로 주물렀다.

어느 날, 한 난쟁이가 임금을 찾아와 이렇게 말했다.

"소인의 간밤 꿈이 적중했습니다."

영문을 알지 못하는 영공이 물었다.

"그게 무슨 소리인가? 꿈이 맞아떨어지다니?"

"제가 어젯밤 꿈에 아궁이를 보았거든요. 그건 임금을 뵐 징조이지요."

이 말에 영공은 얼굴이 붉어지면서 언성을 높였다.

"뭐라고? 이놈! 임금을 만나는 자는 꿈에 태양을 본다던데 무슨 돼먹지 않은 소린가!"

그러자 난쟁이는 낯빛을 고치며 이렇게 대답했다.

"태양은 원래 세상을 두루 비치기 때문에 한 가지 사물만이 그 빛을 받지는 않는답니다. 마찬가지로 한 나라의

생각을 크게 하면 넓은 세상이 보인다

임금은 한 나라를 두루 비추므로 한 사람이 그 빛을 막아서는 안되는 것이지요. 때문에 임금을 만나는 자는 꿈에 태양을 본다고 하는 것이랍니다. 그런데 아궁이는 한 사람이 그 앞에 앉아 불을 쬐면 뒤에 있는 사람은 그 빛을 볼 수가 없을 테지요. 지금 우리나라는 한 신하가 임금의 빛을 막고 있는 형편이랍니다. 그러니 제가 꿈에 아궁이를 본 것도 틀린 것은 아니지않습니까?"

영공은 그 말을 듣고 마침내 미자하를 쫓아내고 사공구를 등용했다.

《한비자》

영공이 사랑하는 미자하를 버리고 현명한 사공구를 등용한 것이 난쟁이의 말을 이해했기 때문일까. 그러나 사람의 이름만 바뀐 것이지 한 사람이 아궁이 앞을 독차지하고 앉아 있기는 마찬가지이니 누가 안심하겠는가.

임금이여! 그대 자신이 태양이 아니고 아궁이의 불로 머문다면 그 어찌 다른 사람이라고 믿을 수 있을까.

약속은 약속

어느 날, 오기는 외출했다가 옛 친구를 만났다. 그는 친구에게 식사 대접을 하겠다며 집으로 초대했다.

그 친구는 이렇게 말했다.

"좋지. 그런데 내가 지금 볼일이 있거든. 그러니 자네 먼저 집으로 가서 기다려 줄 텐가? 내 일 끝나는 대로 곧장 그리로 갈 테니."

"물론이지. 그럼 기다리고 있겠네. 빨리 오게나!"

"염려 말게. 그럼 이따 보세."

친구와 헤어진 오기는 집으로 돌아와 아내에게 정성껏 저녁상을 보게 해 놓고는 친구를 기다렸다. 그러나 친구는 해가 저물었는데도 종무소식이었다. 보다 못한 아내가 먼저 저녁을 들 것을 권했지만 오기는 막무가내였다. 오기는 잠자리에 들 시간이 되도록 저녁을 먹지 않은 채 친구를 기다렸다. 이튿날, 오기는 하인을 시켜 옛 친구를 불러오게 하여 그와 함께 아침 식사를 했다.

《한비자》

약속을 지킨 사람에게는 신뢰를, 약속을 깨뜨린 사람에게는 구속과 강제성을 부여하게 된다.

생각을 크게 하면 넓은 세상이 보인다

죗값을 무겁게 해야 영이 선다

은나라 형벌에 길바닥에 재를 버리는 자는 그 손목을 자른다는 규정이 있었다. 자공은 의아하게 생각되어 공자에게 물었다.

"재를 버리는 죄는 가벼운데도 손목을 자른다니 형벌이 너무 무거운 것 아닙니까? 옛 사람들은 하필이면 이 문제에 대해서만 이처럼 무거운 형벌을 두었는지요?"

공자는 이렇게 대답했다.

"재를 버리지 않는 것은 쉬운 일이고, 손목을 잘리는 것은 누구나 원하지 않는 것이다. 쉬운 일을 실천하게 하여 누구나 원치 않는 끔찍한 형벌을 당하지 않게 하는 것은 옛 사람도 행하기 쉬운 방법이라고 생각했기 때문에 이 법을 만든 것이다."

《한비자》

법령은 지키기 쉬운 일부터 만들어야 한다는 법이론을 설파하려는 생각은 추호도 없다.

그 무엇도 자신의 목숨과 맞바꿀 수 없는데 욕심을 채우려고 죽음도 마다하지 않는 인간의 욕심을 탓하고 싶을 뿐이다.

길은 하나나 둘만이 있는 것이 아니다

제나라 환공은 관중을 재상으로 삼으려고 마음먹고 있었다. 신하들의 의견이 어떨까 궁금했던 나머지, 그는 신하들에게 이렇게 명령했다.

"나는 관중을 재상으로 삼으려고 한다. 나의 의견에 찬성하는 사람은 왼쪽으로, 반대하는 사람은 오른쪽으로 서라."

그런데 동곽이는 한가운데에 섰다. 환공은 의아한 생각이 들어 그에게 물었다.

"내 명령에 따르지 않고 중앙에 선 이유가 뭔가?"

동곽이는 대답 대신 환공에게 되물었다.

"관중의 지혜로 천하를 다스릴 수 있다고 생각하십니까?"

"그렇다."

"관중의 결단력으로 큰 일을 결행할 수 있다고 믿으십니까?"

"물론이지."

"천하를 지배할 수 있는 지혜와 큰 일을 결행할 수 있는 결단력을 지닌 관중에게 정권을 무조리 맡겨버린다면……
그런 정도의 역량있고 신임받는 자에게 나라의 정치를 맡긴다면 아마도 온 나라 사람들이 그에게 복종하여 임금을 존경하는 마음이 없어질 것입니다."

환공은 이에 습붕에게 내정을 맡기고, 관중에게는 외정을 각각 나누어 맡겨 서로 견제하도록 했다.

《한비자》

내게 주어진 길은 둘뿐이라고 생각한다. 왼쪽과 오른쪽. 아니다. 길은 또 있고 선택은 두 개의 길 안에만 있는 것은 아니다. 자신이 제자리에 설 수 있는 길을 찾는 것이 중요한 것 아닌가.

새는 옥잔보다 새지 않는 질그릇이 유용하다

당계공이 소후에게 말했다.

"여기 1천금의 값어치가 있는 훌륭한 옥잔이 있다고 칩시다. 그런데 그것이 밑에 구멍이 나 있다면 물을 담을 수 있겠습니까?"

소후가 주저없이 대답했다.

"그야 물론 담을 수 없지."

당계공이 다시 물었다.

"질그릇은 값싼 것입니다. 하지만 밑이 새지 않는다면 술을 담을 수 있을 테지요?"

"당연하지."

소후의 확신에 찬 대답을 들은 당계공은 이렇게 말했다.

"그렇습니다. 질그릇은 보잘것없는 물건입니다. 하지만 새지 않으면 술을 담을 수 있습니다. 그러나 1천금의 옥잔은 귀한 물건이기는 하지만 밑이 새면 물이 고이지 않습니

생각을 크게 하면 넓은 세상이 보인다

다. 그런데 임금된 자가 신하의 말을 다른 신하에게 누설한다면 이것은 밑 빠진 옥잔과 같은 것입니다. 설사 뛰어난 지혜가 있다 하더라도 그런 임금 밑에서는 능력을 발휘할 수가 없겠지요."

소후는 고개를 끄덕이며 중얼거렸다.

"지당한 말이오."

그후, 소후는 천하의 큰 일을 실행에 옮길 때에는 자기 방에 홀로 들어가 문을 닫아걸고 잠을 잤다. 왜냐하면 눈을 뜨고 있을 때는 비밀을 지킬 수 있어도, 혹시 잠꼬대를 하다가 비밀을 누설할지도 모른다는 염려 때문이었다.

《한비자》

마음은 피부와 골격으로 층층이 싸여져 있고 그것이 외부로 통하는 유일한 길은 바로 입이다. 그 단 하나의 길을 통하여 마음이 밖으로 나왔을 때, 약삭 빠른 자들은 당신의 마음을 보며 그대가 목마를 때 그대에게 물을 나눠주고, 그대가 추워하면 그대에게 입을 것을 벗어준다. 다만 그대가 상대보다 큰 힘을 가졌을 때만이.

이익되는 일이라면 물불을 안 가린다

이회는 위나라 문후의 신하로 상지의 태수가 되었다. 그는 백성들의 활 솜씨가 향상되기를 바라는 마음에서 이렇게 포고했다.

"앞으로 옳고 그름을 명백히 가리기가 곤란한 소송사건에 대해서는, 두 사람에게 활을 쏘게 하여 정확히 과녁을 맞힌 자에게 승소판결을 내리겠다."

그러자 백성들은 모두 활쏘기에 열중하여 주야로 쉴 줄을 몰랐다.

얼마 지나지 않아 진나라와 전쟁이 벌어졌다. 그들은 대승을 거두었는데, 이는 모두 사람들이 활 솜씨가 뛰어났기 때문이었다.

《한비자》

뱀장어는 징그러운 뱀과 비슷하고, 누에는 흉측하게 생긴 벌레이지만 아낙네들은 누에를 치고, 어부는 뱀장어를 손으로 담는다.
자신의 이익 앞에서는 누구라도 용감한 사람이 되나 보다.

생각을 크게 하면 넓은 세상이 보인다

완전한 승리만이 이기는 것이다

오나라 임금 합려가 초나라의 도읍인 영을 세 번 공격하여 세 번 모두 승리를 거두었다. 합려는 신하인 오자서에게 물었다.

"이만하면 돌아가도 되겠지?"

오자서가 대답했다.

"사람이 죽게 되는 것은 한 두 모금이 아니라 많은 물을 먹기 때문입니다. 이처럼 한두 번 패배하는 것으로 적은 죽지 않을 것입니다. 계속 싸워서 초나라의 기세를 완전히 꺾어 놓아야 할 것입니다."

《한비자》

섣부른 폭력은 오히려 상대방에게 증오심과 복수심을 일으키게 한다. 그대여, 상대를 완전히 제압하지 못할 바에는 혈맹의 관계를 맺어라.

백성을 다스리는 데는 엄중한 법이 우선

동안우가 조나라의 어떤 고을에 태수가 되었다.

동안우는 어느 날 관내의 석읍이라는 곳을 순시하다가 마치 1백 길이나 되는 돌담을 깎아 세운 듯한 깊은 골짜기에 이르렀다.

그가 마을 사람에게 물었다.

"이 골짜기 안에 들어가 본 사람이 있느냐?"

마을 사람이 대답했다.

"아무도 없습니다."

"그럼, 아이라든가 장님, 귀머거리, 미치광이 중에 이곳에 들어간 자도 없는가?"

"없습니다."

"그렇다면 소나 말이나 개, 돼지 같은 동물은?"

"짐승도 들어간 적이 없습니다."

이에 동안우는 크게 탄식하고는 말했다.

생각을 크게 하면 넓은 세상이 보인다

"나는 이 골짜기를 보고 백성을 잘 다스리는 법을 발견했다. 법률을 엄격히 하여 만일 법을 어기는 자가 있으면 사형에 처하되 마치 이 골짜기에 들어가면 죽음을 면할 수 없는 것과 같이 한다면, 무두들 형벌을 두려워하여 감히 범하는 자가 없을 것이다. 이렇게 한다면 어찌 다스려지지 않겠는가!"

《한비자》

죽음의 그림자로 뒤덮인 골짜기에 발을 들여놓을 자 누가 있을까.

사람도 짐승도 마찬가지다. 인간은 이성으로, 짐승은 촉각으로 그 그림자를 느낀다. 하지만 골짜기가 황금으로 뒤덮여 있다면 거기에 들어가는 것, 오직 사람뿐이리라.

상과 벌은 동전의 양면이다

노나라 사람이 사냥을 하기 위해 들판과 숲에 불을 질렀다. 때마침 북풍이 심하게 불어 불길은 삽시간에 남쪽으로 번져나갔고, 자칫하면 도읍까지 불바다가 될 지경이었다. 정말 위기가 코앞으로 성큼성큼 다가서고 있었다.

애공은 걱정한 나머지 몸소 사람들을 지휘했지만 모두들 짐승을 잡는 데만 열중할 뿐, 불을 끌 생각은 눈꼽만치도 하지 않았다. 애공은 다급한 나머지 공구를 불러다 대책을 물었다.

공구가 말했다.

"사냥하는 것은 재미있을 뿐 아니라 벌을 받는 일도 없지요. 하지만 불을 끄는 것은 고통스러울 뿐, 아무런 상도 없지 않습니까?"

"그렇군!"

애공이 무릎을 치며 소리쳤다. 그러자 공구가 다시 덧붙였다.

"상황이 급박하니 상을 줄 여유가 없습니다. 게다가 불

생각을 크게 하면 넓은 세상이 보인다

을 끄는 사람들에게 모두 상을 주려면 나라의 재정이 바닥
나도 모자랄 겁니다. 그러니 형벌만을 시행하는 것이 좋겠
습니다."

애공이 이에 동의하자 공구는 명을 내렸다.

"불을 끄지 않는 자는 적에게 항복하거나 전쟁에서 도망
친 자와 같은 죄로 처단한다. 짐승을 쫓는 자는 금원¹에 침
입한 자와 동일하게 처벌하겠다."

그러자 명령이 채 떨어지기도 전에 불은 진압되었다.

《한비자》

상을 받지 못한다고 벌을 받는 것은 아니며 벌을 받지 않는다
고 상을 받는 것도 아니다. 상과 벌은 이처럼 먼 곳에서 서로를
바라보기만 하는 것처럼 보이나 생각해보라. 상이든 벌이든 거기
에는 모두 사람을 교묘하게 이용하고 구속하는 음모가 도사리고
있는 것은 아닌가.

¹금원 : 임금의 궁궐 안에 있는 동산.

한 쪽이 손해보면 한 쪽에선 이득을 본다

진나라 문공 때 요리사가 생선요리를 올렸다. 그런데 거기에 머리카락이 붙어 있었다. 화가 난 문공은 요리사를 불러 꾸짖었다.

"이런 망할 놈! 내가 머리카락을 삼켜 목구멍이 막혀 죽기라도 바라는거냐!"

요리사는 연신 머리를 조아리며 말했다.

"죽여 주십시오. 저는 세 가지 죽을 죄를 저질렀습니다."

"세 가지 죽을 죄? 그게 뭐지?"

문공은 노여움을 가라앉히며 물었다.

요리사가 대답했다.

"칼을 숫돌에 갈으니 마치 보검처럼 날카로워졌습니다. 그런데 그런 칼로 고기는 잘랐지만 머리카락은 자르지 못했습니다. 이것이 첫 번째 죄입니다. 그리고 꼬챙이로 살점을 꿰었습니다만 머리카락은 꿰뚫지 못했습니다. 이것이

생각을 크게 하면 넓은 세상이 보인다

두 번째 죄입니다. 또한 활활 타는 숯불에 생선 속까지 완전히 익도록 구웠느나 머리카락은 태우지 못했습니다. 이것이 세 번째 죄입니다. 이러한 점으로 미루어 볼 때, 혹시 누군가가 저를 미워하여 일부러 이런 짓을 꾸몄는지도 모르겠습니다."

요리사의 말을 듣고 난 문공은 그의 말에 타당성이 있다고 판단하고 아랫사람들을 불러 문초하였다.

차석요리사가 머리를 조아리고 백배 사죄하면서 말했다.

"실은 이러한 실수를 저질러 주방장을 파면시키고 제가 그 자리에 올라가려고 꾸민 짓입니다."

《한비자》

이해다툼이란 세상에서 흔히 일어나는 일이다. 하지만 그런 일들은 겉으로는 다른 모양을 가장하기 때문에 실타래 마냥 얽혀 있어 쉽게 드러나지 않는다. 때문에 손해를 보는 다른 쪽에서는 반드시 보이지 않는 곳에서 이익을 얻는자가 있는 법이다.

불행의 씨앗은 남겨 두지 말라

진나라 여공 때, 대신 여섯 명의 세력이 지나치게 강했기 때문에 서동과 장어교가 이렇게 간언을 올렸다.

"지금 대신의 위세가 임금에 버금가고, 다투어 외국의 힘을 빌려 파벌을 만들고 있습니다. 이처럼 국법을 어지럽히고 임금을 위협해서 나라가 평안한 적은 이제껏 없었습니다."

여공은 옳다고 생각하고 그 가운데 세 명의 대신을 죽였다. 그러자 장어교가 다시 간언했다.

"같은 죄를 범한 자를 모조리 처벌하지 않고 그 일부만 벌하게 되면 살아남은 자들은 원한을 품고 틈을 봐서 보복할 것입니다."

여공이 말했다.

"나는 단번에 대신 셋을 죽였다. 남은 사람들까지 모조리 죽인다는 것은……아무래도 인정상 차마 할 수 없지 않느냐?"

"임금께서는 차마 모조리 죽일 수가 없다고 하시지만, 살아남은 세 대신은 반드시 음모를 꾸며 임금을 해칠 것입니다."

여공은 결국 이 간언을 듣지 않았다.

그후 3개월 만에 세 대신은 반란을 일으켜 여공을 죽이고 정권을 장악하고 말았다.

《한비자》

사람들은 곧잘 성을 내면서 "뿌리를 뽑아 버리겠다"고 말한다. 하지만 고작해야 가지 몇 개쯤 잘라내면서 잔뜩 으름장을 놓을 뿐이다. 잘리워진 가지나 그루터기에서 새로이 움이 돋고 복수의 싹이 틈을 보고 있는데도 말이다.

명분도 찾고 실리도 얻는 계략

채나라 공주가 제나라 환공의 부인이 되었다.

어느 날, 환공은 부인과 함께 뱃놀이를 하고 있었는데 부인은 물에 익숙했기 때문에 자꾸만 배를 흔들어 장난을 쳤다. 환공은 깜짝 놀라 소리치며 만류했다.

"무슨 짓이야! 그만둬! 그만두라구!"

하지만 부인은 그런 그의 모습이 너무 재미있었다.

"아이! 재밌어."

부인은 깔깔대며 말을 듣지 않았다. 환공은 마침내 크게 성을 내면서 부인을 친정으로 쫓아버렸다. 그러나 화가 가라앉고 부인이 잘못을 뉘우치면 언제라도 다시 불러올 작정이었다.

그러나 채나라에서는 한 번 쫓겨난 이상 이제는 인연이 끊어졌다고 생각하고 공주를 다른 곳으로 시집보내 버렸다. 환공은 불같이 노하여 소리쳤다.

"건방진 놈들, 당장 군사를 일으켜라! 놈들을 쑥밭으로 만들고야 말테다!"

생각을 크게 하면 넓은 세상이 보인다

이때 관중이 나서며 만류했다.

"부부간의 불화를 이유로 남의 나라를 친다면 명분이 서지 않습니다. 사소한 일로 쉽게 군대를 동원한다면 천하의 패자가 되기는 어렵습니다. 그만두십시오."

관중의 충고를 들은 체도 않고, 환공은 고래고래 고함을 질렀다.

"이놈들! 뭣 하고 있는거냐? 당장 군대를 일으키라니까!"

관중은 다시 임금을 설득했다.

"기필코 채나라를 치겠다면 이렇게 하십시오. 초나라가 천자를 모시는 예를 행하지 않은 지가 벌써 3년이나 되었습니다. 그러니 먼저 초나라의 무도함을 벌하십시오. 그리고 돌아오는 길에 채나라를 공격하고 이렇게 선포하십시오. '내가 초나라를 칠 때 채나라는 당연히 군사를 일으켜 뒤를 원조했어야 한다. 그러나 그렇게 하지 않았으므로 이를 벌하노라!' 그렇게 하면 명분도 서고 실리도 얻습니다. 천자를 위하여 정벌한다는 명분과 개인적 원한을 갚는 복수의 실리, 두 가지 말입니다."

《한비자》

사소한 감정을 대의명분의 포장 속에 그럴 듯하게 숨기는 일은 난세 병법가의 일이다.

법대로 처리하라

위나라 사공 시대에 한 죄수가 오나라로 달아났는데, 그는 그곳에서 양왕 부인의 병을 고쳐주어 신임을 얻었다. 사공은 이 사실을 전해 듣고는 사신을 보내 황금 50냥으로 그 죄수를 사려고 했다. 사신이 다섯 차례나 왕복했지만 양왕은 허락하지 않았다. 그래서 사공이 다시 좌씨라는 고을과 죄수를 교환할 것을 제안했다. 이에 신하들은 이렇게 간언했다.

"한 고을로써 보잘것없는 죄수 하나를 산다는 것은 상식 밖의 일입니다."

사공이 말했다.

"그대들은 내 뜻을 모른다. 나라를 잘 다스리려면 아무리 작은 일이라도 함부로 취급해서는 안되며 반란이 일어나도 겁을 먹고 내버려 두어서는 안된다. 반드시 평정해야 한다. 만약 법이 행해지지 않고 죄를 벌하지 않는다면 좌씨와 같은 고을 열 개가 있더라도 소용없지만, 법이 확립

되고 형벌이 반드시 시행될 수 있게 된다면 좌씨의 고을을
잃더라도 손해날 것이 없다."

양왕이 이 말을 전해 듣고는 말했다.

"위나라 임금은 이처럼 나라가 잘 다스려지기를 간절히
바라는구나! 그의 요구를 거절하는 것은 좋지 않으리라."

마침내 양왕은 아무런 대가 없이 그 죄수를 수레에 실어
위나라로 돌려 보냈다.

《한비자》

사공이 한 일이란 달아난 죄수를 되찾아 법대로 처리한 것뿐이
지만 그 철저한 집행은 어떤 결과를 가져왔는가? 법을 갖추어 놓
기만 하고 약속대로 집행하지 않는다면 나라는 갈갈이 찢겨진 채
법전만이 휑뎅그렁하게 남아 있는 꼴이 아닌가.

'사회적 파장을 고려해서⋯⋯'라는 말을 잘 쓰는 현대의 법 집
행자들이 반드시 음미해볼 일이다.

여자의 질투보다 무서운 것은 없다

초나라 임금에게 정수라는 애첩이 있었다.

나중에 초나라 임금은 위나라 임금이 보낸 한 미녀를 얻었고 그 미녀를 무척이나 아끼고 사랑하게 되었다. 정수는 임금이 그 미녀를 사랑하는 것을 알고는 임금보다 한층 더 그녀를 아끼면서 옷이며 노리개 따위를 보내 주었다. 그러자 임금이 이렇게 말했다.

"부인은 내가 이 미녀를 사랑하는 것을 알고 그녀를 더없이 아껴주는군. 이건 효자가 어버이를 받들고 충신이 임금을 모시는 것과 다를것이 없소. 참으로 갸륵한 일이오."

정수는 이제 자신이 미녀를 질투하지 않는다는 신임을 임금에게서 얻었다고 판단했다.

어느 날, 정수는 그 미녀에게 이렇게 일러주었다.

"임금께서는 너를 무척 아낀단다. 그런데 어쩐 일인지 임금께서는 너의 그 코만은 싫어하시는 모양이야. 그러니 앞으로는 임금을 곁에서 모실 때 반드시 소매로 코를 가리

생각을 크게 하면 넓은 세상이 보인다

도록 해라. 그러면 변함없이 사랑을 받을 수 있을 테니."

미녀는 정수의 말대로 하였다. 그러자 임금은 미녀의 행동을 이상하게 여겨 부인인 정수에게 그 이유를 물었다.

"새로 온 미녀가 나를 대할 때마다 소매로 코를 가리는데 혹 그 이유를 알고 있소?"

그러자 정수는 슬며시 꽁무니를 빼며 모른 체했다.

"저는 잘 모르겠어요."

임금이 거듭 물었다.

"혹시 뭔가 짚이는 거라도 없소?"

거듭된 임금의 물음에 정수는 마지못한 체 대답했다.

"글쎄요……? 지난번 언젠가 임금의 몸에서 이상한 냄새가 난다고 말한 적이 있긴 한데……."

임금은 크게 노했다.

"망할 계집이로구나. 내가 저를 그토록 아끼건만……. 발칙한 것!

당장 끌어내어 그 년의 코를 베라!"

《한비자》

증오가 당신에게 맨 처음 다가올 때는 사랑이라는 미명 아래 유혹의 손을 내민다.